书正

王铎残诗稿

曹利华◎编著

首都师范大学出版社

CAPITAL NORMAL UNIVERSITY PRESS

图书在版编目(CIP)数据

书正王铎残诗稿/曹利华编著．—北京：首都师范大学出版社，2023.3
ISBN 978-7-5656-7464-8

Ⅰ.①书… Ⅱ.曹… Ⅲ.①古典诗歌－诗集－中国－清代②王铎
(1592－1652)－书法评论 Ⅳ.①I222.749②J292.112.6

中国国家版本馆 CIP 数据核字(2023)第 038475 号

SHUZHENG WANGDUO CANSHI GAO

书正王铎残诗稿

曹利华　编著

责任编辑　李军政
首都师范大学出版社出版发行
地　　址　北京西三环北路 105 号
邮　　编　100048
电　　话　68418523(总编室)　68982468(发行部)
网　　址　http：//cnupn.cnu.edu.cn
印　　刷　北京印刷集团有限责任公司
经　　销　全国新华书店
版　　次　2023 年 7 月第 1 版
印　　次　2023 年 7 月第 1 次印刷
开　　本　710mm×1000mm　1/16
印　　张　10
字　　数　81 千
定　　价　42.00 元

目　　录

1

1.《永宁破虑玉调》

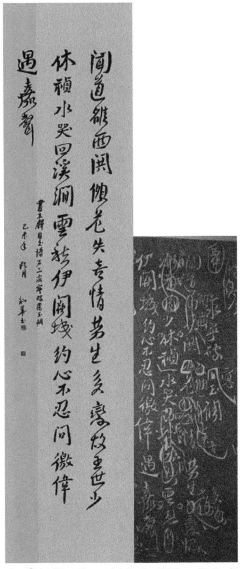

释文：问道雒（洛）①西閧（哄），倾危失喜情。劳生多变故，五世少休祯（吉祥）。水哭回溪涧，云愁伊阙城。约心不忍问，徽伟（非常侥幸）遇嘉声。

---

① 基于本书特点，在异体字后括注通用规范汉字，余同。

1

2.《上元》

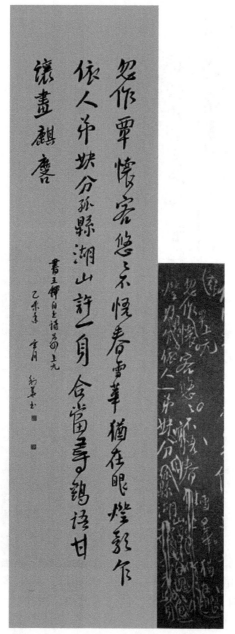

释文：忽作罩怀客，悠悠不悟春。雪华犹在眼，灯影乍侬人。弟妹分孤县，湖山许一身。合当寻鹤语，甘让画麒麟。

3.《飞人》

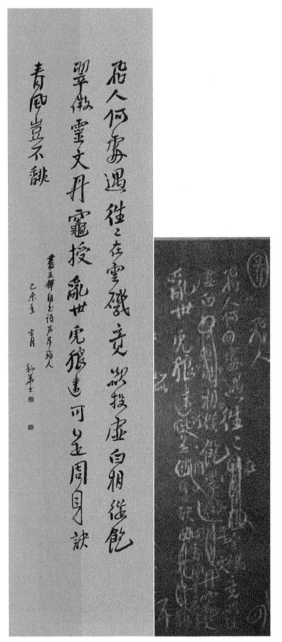

释文：飞人何处遇，往往在云矶。竟欲投虚白，相从饱翠微。灵文丹竈（灶）授，乱世虎狼违。可是周身诀，春风岂不馡（香盛貌）。

4.《如此》

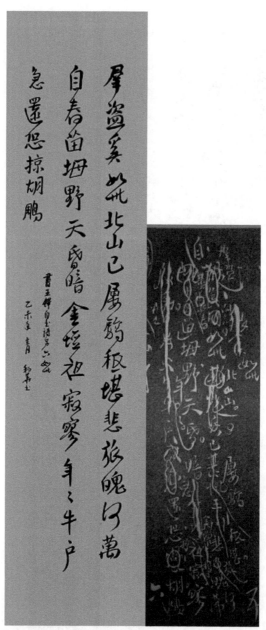

释文：群盗奚如此，北山已屡骄（骄慢之气）。祇（只）堪悲旅魄，何万自春苗。埚野（埚野，地名）天昏暗，金坛夜寂寥。年年牛户急，还恐掠胡雕。

5.《春情思山房》

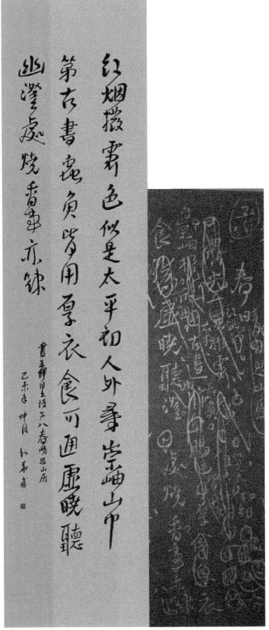

释文：红烟拨雾色，似是太平初。人外寻崇岫（山洞），山中第古书。虫鱼（指训诂学）皆用厚，衣食可通虚。晓听幽澄处，烧香事亦踈（疏）。

6.《赠王子房》

释文：戎经与县谱，何独重文人。比屋方为善，横戈又过春。中原扶板荡，玄象洗钩陈。父老勿留滞，雝（雍）喑（赞叹声）逢此辰。

7.《盘谷》

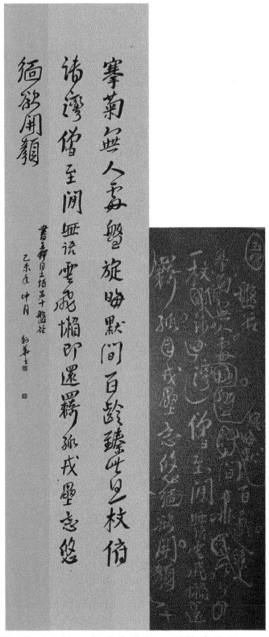

　　释文：搴（拔取）菊无人处，盘璇晦默间。百龄臻此日，一杖俯诸湾。僧至闲无语，云飞懒即还。羁孤戎垒意，悠缅欲开颜。

8.《盘谷》其二

释文：善取青蓝色，居之讵忍分。地灵不死草，厓（崖、涯）贵送归文。战鼓经春偃，钟音入夜闻。榛丘何所忌，幽眷诺高雯。

9.《子房御寇天坛诸山上》

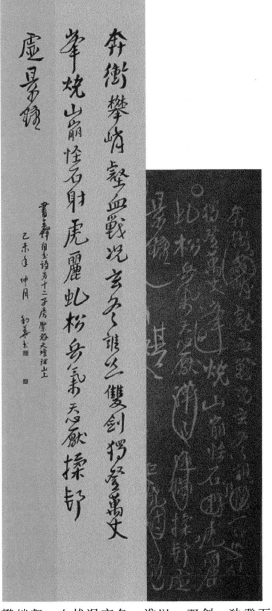

释文：奔冲攀峭壑，血战况玄冬。谁以一双剑，独登万丈峰。烧山崩怪石，射虎丽虹松。兵气天心厌，揉邦虚景钟（春秋晋景公所铸之钟）。

10.《子房御寇天坛诸山上》其二

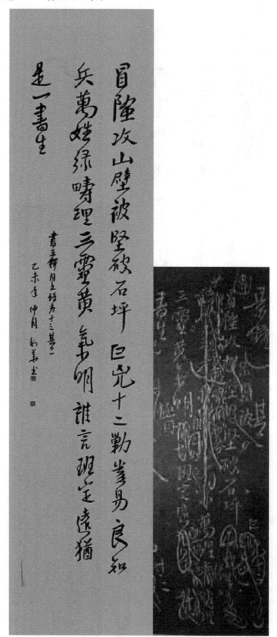

释义：冒险攻山壁，被坚破石坪。巨兜十二勠，岂易良知兵。万姓绿畴理，三灵黄气明。谁言班（班超）定远，犹是一书生。

11.《更寒》

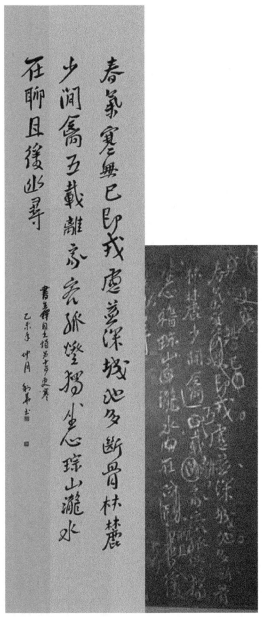

释文：春气寒无已，即戎虑益深。城池多断骨，林麓少闲禽。五载离家客，孤灯独坐心。琼山泷水在，聊且缓幽寻。

12.《五十》

释文：五十今胡至，白头半已摧。宝刀真且哭（原释文为"真可笑"），铭鼎欲成灰。虏寇无时灭，赓（继续）飔何自回。载宁縈（荧）寱叹，青髓骨岩开。

13.《五十》其二

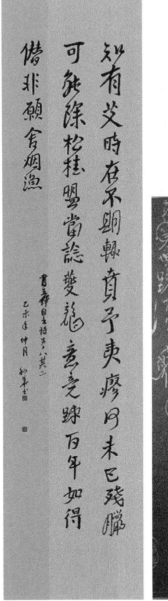

释文：知有艾（对老年人的敬称）时在，不期辄贲（奔走）予。夷瘳（病愈）何未已，残腊可能除。松桂盟当谂（同审，思念），夔龙意竟竦（同悚，害怕）。百年如得偕，非愿舍烟渔。

14.《乱后》

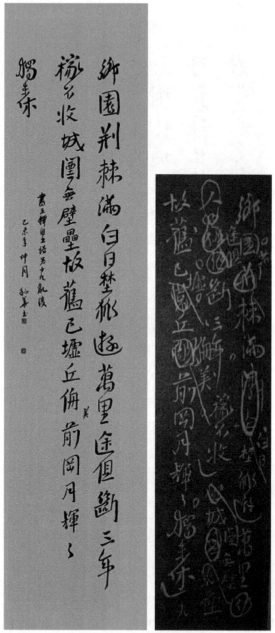

释文：乡园荆棘满，白日野狐游。万里途俱断，三年稼不收。城阉（瓮城）无壁垒，故旧已墟丘。俯（壅蔽）美前冈月，辉辉独未休。

15.《移居》

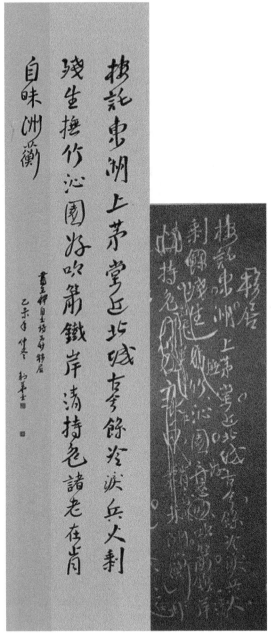

释文：栖讬东湖上，茅堂近北城。古今余冷泪，兵火剩残生。抚竹沁园好，吹箫铁岸清。持危诸老在，肯自昧洲蘅（一种香草）。

16.《移居》其二

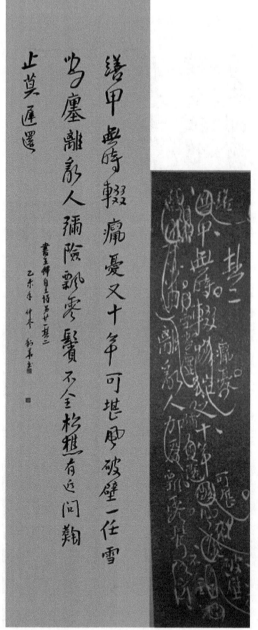

释义：缮甲无时辍，瘝忧又十年。可堪风破壁，一任雪鸣廛（廛河）。离乱人弥险，飘零鬓不全。嵩樵有近问，鞠止莫迟缓。

17.《明月山》

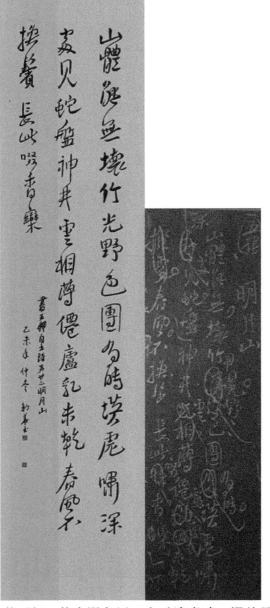

释文：山体能无坏，竹光野色团。有时谈虎啸，深处见蛇盘。神井云相薄，僊（仙）庐乳未干。春风不换髻（鬓），长此啜香栾（落叶乔木）。

18.《济水源北海五祠》

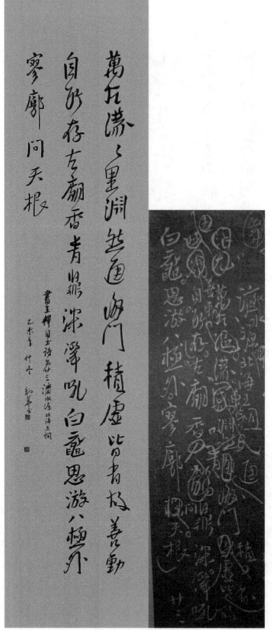

　　释文：万古濛濛里，渊然通海门。积虚皆有故，善动自能存。占庙香青
鼎，深潭吼白鼋。思游八极外，寥廓问天根。

19.《郭旦》

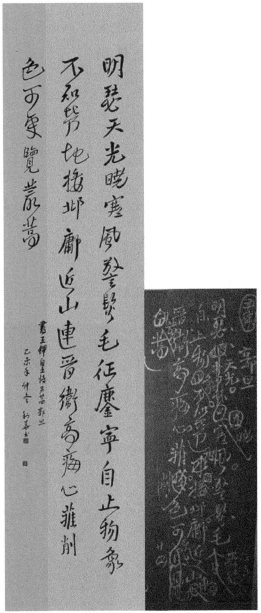

释文：明(原释文为"胡")瑟天光晓，寒风警髯(鬓)毛。征麠宁自止，物象不知劳。地接邶鄘近，山连晋卫高。痳(忧病)心蓷(中药草，即益母草)削色，可更览丛(原释文"黄")蒿。

20.《宜阳破》

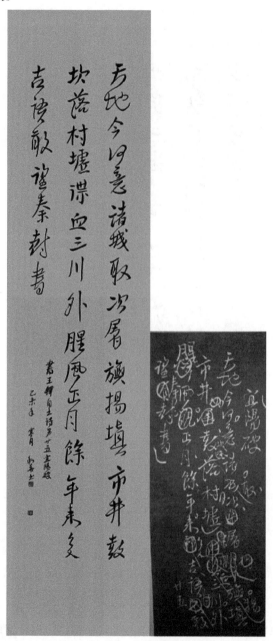

　　释文：天地今何意，诸城取次屠。旗（旗）扬填市井，鼓坎落村墟。溧血三川外，腥风正月馀。年来多吉语，敢望秦封书。

21.《未平》

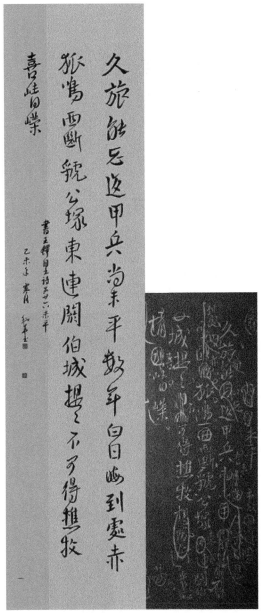

释文：久旅能忘返，甲兵尚未平。数年白日晦，到处赤孤鸣。西断虢公塚（东周初期西虢国国君亡塚），东连阙伯城。提提不可得，樵牧喜崝嵘（同峥嵘）。

22.《雄虺》

释义：未与雄虺（毒蛇）远，孤筇（手杖）亦懒携。墦（坟墓）间收馁（饥饿）鬼，村外响哀鼙。否泰天无定，行藏命不齐。戎衣春色照，惆怅杏花堤。

23.《怀豫石玉调》

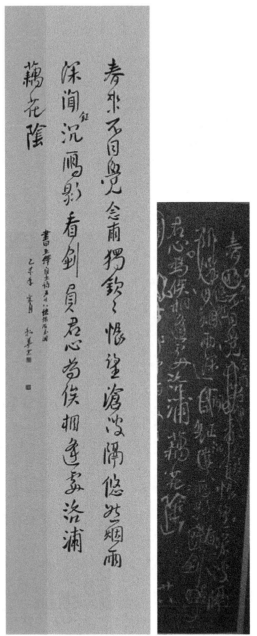

释文：春来不自觉，念尔独钦钦（忧思难忘貌）。怅望沧波隔，悠然烟雨深。闻钲（古代一种乐器）沉雁影，看剑负君心。为侯相逢处，洛浦藕花阴。

24.《郭仲？叔？季？》

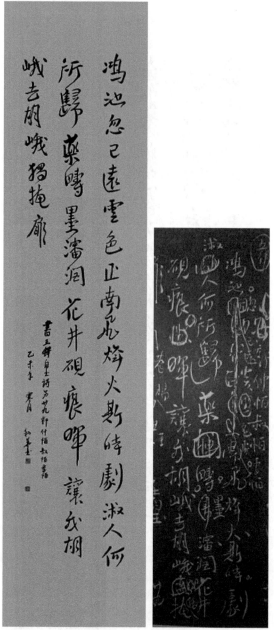

释文：鸿池忽已远，云色正南飞。烽火斯时剧，淑人何所归。药畴墨潘（汁也）润，花井砚痕晖。让我胡峨去，胡峨独掩扉。

25.《遇晋卿》

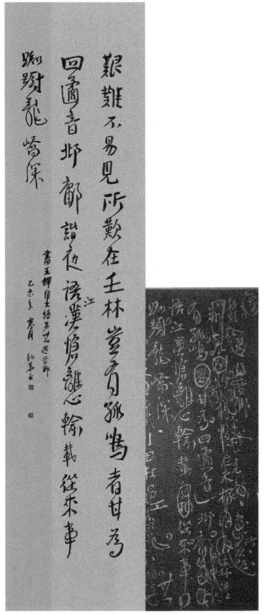

释文：艰难不易见，所叹在壬林（壬，大；林，盛。言礼之盛也）。岂有孤鸣者，甘为回遹（邪僻，曲折）音。邳鄘谐夜语，江汉怆离心。输载从来事，踟蹰龙峤（指洛阳桥）深。

26.《酬荆岫》

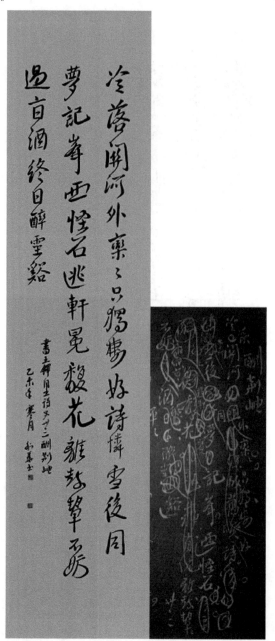

释文：冷落关河外，弈弈只独栖。好诗怜雪后，同梦记峰西。怪石逃轩冕，馥花离鼓鼙。不妨过（原释文"将"）旨酒，终日醉灵溪。

27.《晖晖》

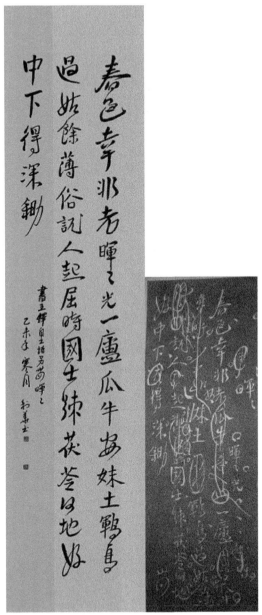

释文：春色幸非老，晖晖光一庐。瓜牛安妹土，鹣（鹋）鸟过姑余。薄俗訧（过失；原释文为"词"）人起，屈（原释文为"清"）时国士疏。茯苓何地好，中下（指田地）得深锄。

28.《龙潭寺》

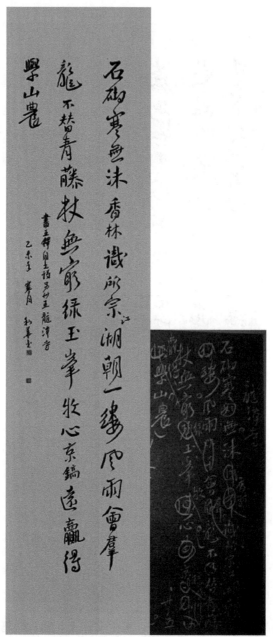

释文：石砌寒无沫，香林识所宗。江湖朝一缕，风雨会群龙。不替青藤杖，无穷绿玉峰。牧心京镐（即镐京，西周国都）远，赢得学山农。

29.《习凿齿墓》

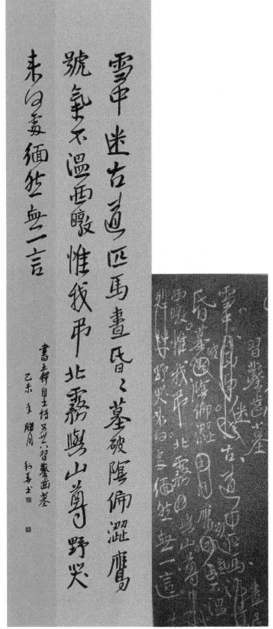

释文：雪中迷古道，匹马昼昏昏。墓破阴偏涩，鹰号气不温。西暾惟我吊，北雾与山尊。野哭来何处，缅然无一言。

30.《所求》

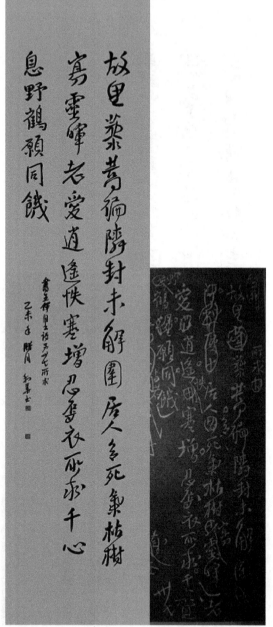

释文：故里藜蒿徧，隣封未解围。居人多死气，枯树寡灵晖。老爱逍遥佚（洒脱，不拘束。原释文为"佚"），寒增忍辱衣。所求千心息，野鹤愿同饥。

31.《怀州与若水湖东泣舟》

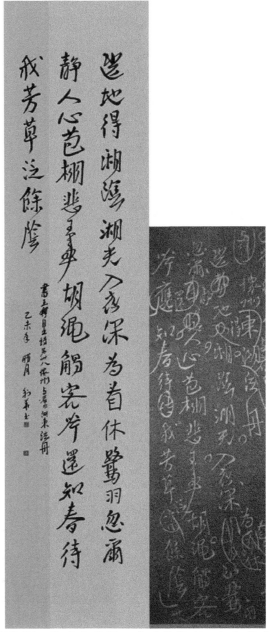

释文：选地得湖阴，湖光入夜深。为看休鹭羽，忽尔静人心。苞栩（草木丛生）悲王事，胡绳（香草）触客吟。还知春待我，芳草泛余阴。

32.《应五北上》

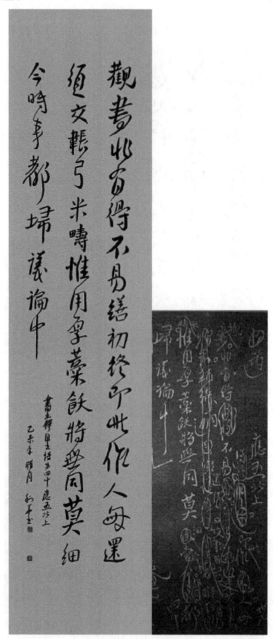

　　释文：观书非有得，不易缮初终。即此作人母，还须交鞬（弓袋）弓。米畴惟用厚，藁（稿，禾苗）饫（饱）将无同。莫细今时事，都埽（扫）议论中。

33.《正月二十日》

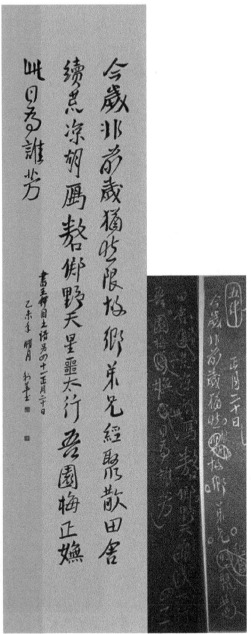

释文：今岁非前岁，犹然限故乡。弟兄经聚散，田舍续荒凉。胡雁礙郖
（古地名)野，天星躧太行。吾园梅正妩，此日为谁芳。

34.《夜酌》

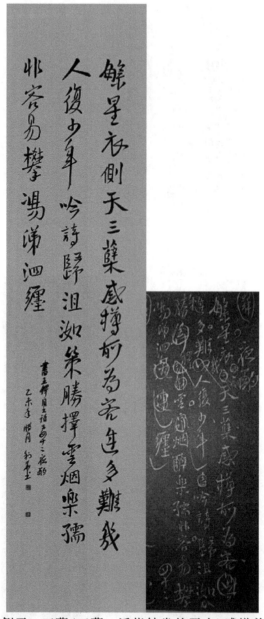

释文：繁星衣侧天，三蘖（三蘖，泛指结党的恶人）感樽前。为客逢多难，几人复少年。吟诗归沮洳（低湿之地），策胜择云烟。乐孺非容易，攀鸿（喻志向远大）涕泗缠。

35.《戎事》

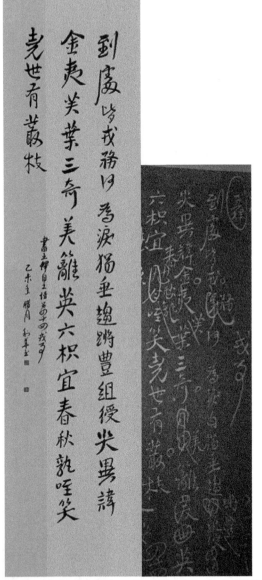

释文：到处皆戎务，何为泪独垂。趑趿豐（丰，祭祀用的礼器）组绶（古人佩玉，用以系玉的丝带），哭异讳金夷（即"金痍"）。芙叶三奇美，篱英六枳（指枳树编的六藩篱）宜。春秋趷哇（大笑的样子）笑，尧世有丛枝。

36.《张吴店临青店遇贼大战多斩摅》

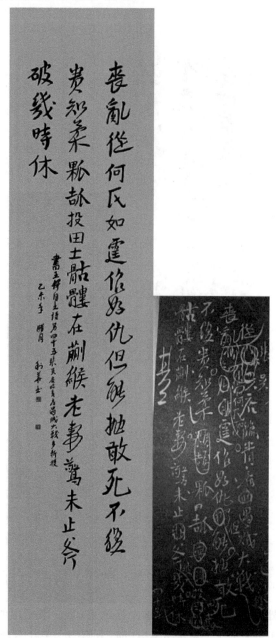

释文：丧乱从何氏，如霆作好仇。但能抛敢死，不复贵知柔。瓟瓝投田土，骷髅在蒯缑（用草绳缠剑柄）。老妻惊未止，斧破几时休。

37.《张吴店临青店遇贼大战多斩获》其二

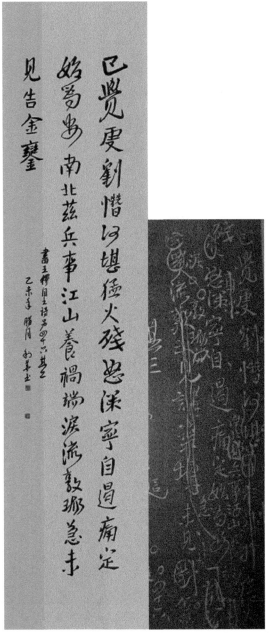

释文：已觉虔刘（杀戮）憯（古同惨），何堪猛火残。怒深宁自遏，痛定始为安。南北兹兵事，江山养祸端。泪流敦琢急，未见告金銮。

38.《张吴店临青店遇贼大战多斩馘》其三

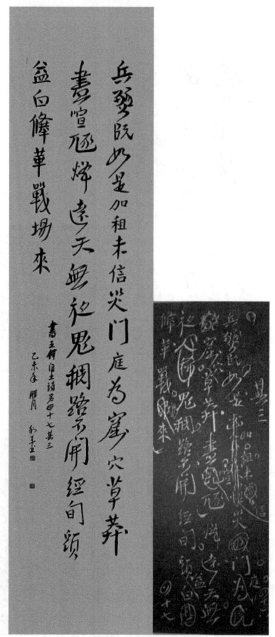

释文：兵燹（野火）既如是，加租未信灾。门庭为窟穴，草莽尽喧豗（轰响）。烽远天无夜，鬼稠路不开。经旬头益白，鞗（马缰绳）革战场来。

39.《兇岁欲山游有阻》

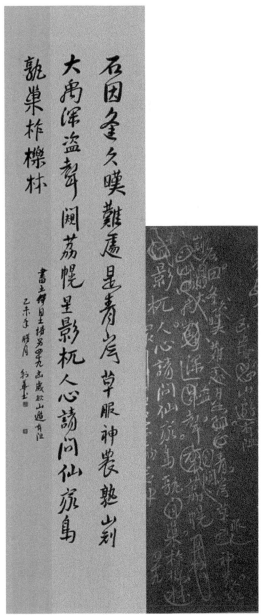

释文：石田逢久暵（干旱），难处是青岑。草服神农熟，山刉（削）大禹深。盗声窥荔幌，星影杌（杌隉之意，倾危不安）人心。请问仙家鸟，孰巢柞栎（树名）林。

40.《居怀州呈史云鹏念冲》

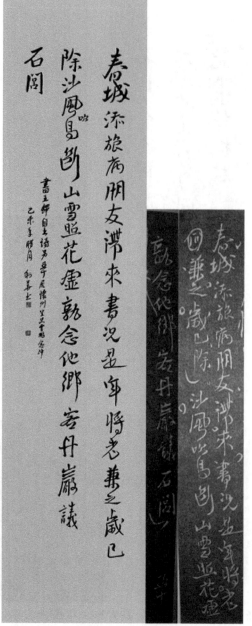

释文：春城添旅病，朋友滞来书。况是年将老，兼之岁已除。沙风吹鸟断，山雪照花虚。孰念他乡客，丹岩议石闾（仙人住处）。

41.《又吊心矩》

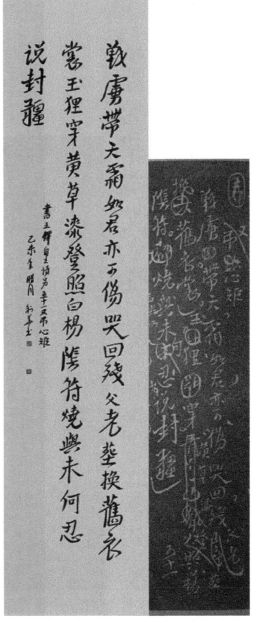

释文：战虏带天霜，如君亦可伤。哭回残父老，葬换旧衣裳。玉狸穿黄草，漆灯照白杨。阴符烧与未，何忍说封疆。

42.《韩庄孟县西退之故里有墓》

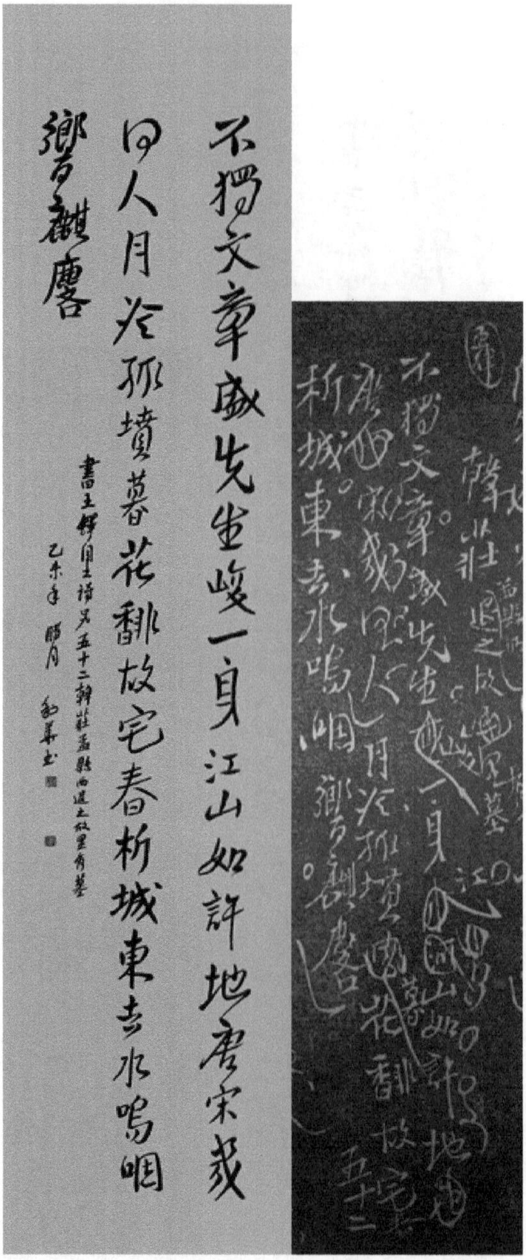

释文：不独文章盛，先生峻一身。江山如许地，唐宋几何人。月冷孤坟暮，花馡(香气散逸)故宅春。析城东去水，呜咽响麒麐(麟)。

43.《哭父》

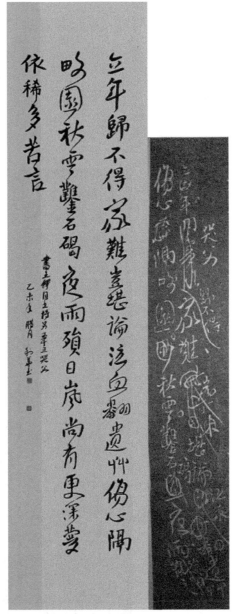

释文：立（原释文为"三"）年归不得，家难岂堪论。泣血翻遗帅，伤心隔畋（原释文为"故"）园 。秋云凿石碣，夜雨殒日岚（原释文"日岚"二字空缺；"岚"，山林中的雾气）。尚有更深梦，依稀多苦言。

43

44.《哭父》其二

释文：平生惟好善，菊圃水声闻。此日道终古，何年返落曛（落日的余光）。九原将卜土，万焰又移军。黯黯新山色，华星引断云。

45.《哭父》其三

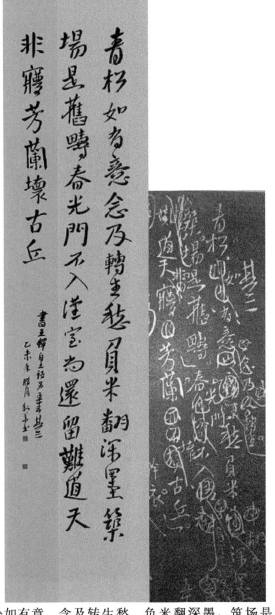

释文：青松如有意，念及转生愁。负米翻深墨，筑场是旧畴。春光门不入，汉（原释文为"响"）室尚还留。难道天非梦，芳兰坏古丘。

46.《哭父》其四

释文：德得冲虚合，子孙愧下愚。澣（浣，涤衣垢）衣俱有节，观稼不辞劬（劳苦）。邙水青溪泣，岳峰白日枯。光灵（恩泽）母万物，不第主蓬壶（即蓬莱）。

47.《哭宾吾》

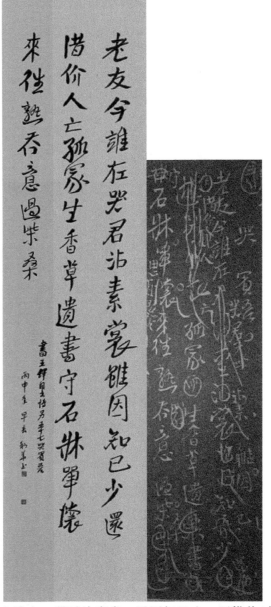

释文：老友今谁在，哭君沾素裳。虽因知己少，还惜价（善）人亡。孤冢生香草，遗书守石床。单怀来往熟，吞意过柴桑（古县名）。

48.《思宾吾与令嗣自玉》

释文：雪冷下孤城，通家客念凭。见时还尔汝，别后寡枯荣。大壑阴风徙，荒原春气生。焚芝伤逝者，山月粲虚明。

49.《寇攻司州》

释文：消息孟陬月，雒（洛）阳寇火飞。兵今三次折，门已数重围。魅魅行相诱，豕蛇怒不稀。眼枯双泪尽，阴气雪霏霏。

50.《寇攻司州》其二

释文：湛元乐戎府，浑忘契契忧。不思上帝蹈，岂顾匹夫仇。桐履迷尘陌，场驹想野椒（聚草）。残生随鞞（刀鞘）瑺（一种玉），白发敢盈头。

51.《无休》

释文：援鑑（鉴）初春日，客容让旧年。安生牛马后，习坎（坎坷）佶（健壮）闲前。一灶分烟众，七苏（植物名）寄命全。愿天讹盗贼，瑞颖饱星田。

52.《倭迟》

释文：倭迟（纡回历远貌）欣老大，春仲可婆娑。得节澶（水名）南雨，兼收沈（沈水）上禾。病躯需佔嗶（占毕，吟诵之意），老眼任蹉跎。难遇方歍（即九方皋）氏，长鸣欲若河。

53.《独幽》

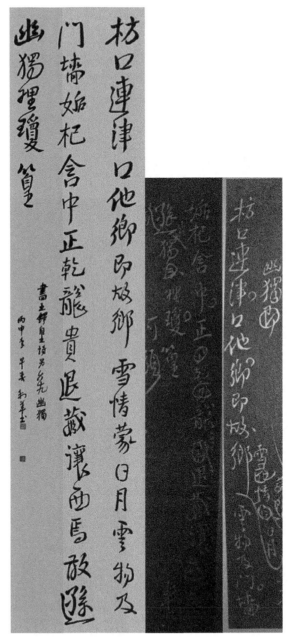

释文：枋口连津口，他乡即故乡。雪情蒙日月，云物及门墙。姤杞（即枸杞）含中正，乾龙贵退藏。瀼（瀼水）西焉敢逊，幽独理瓊篁。

54.《何须》

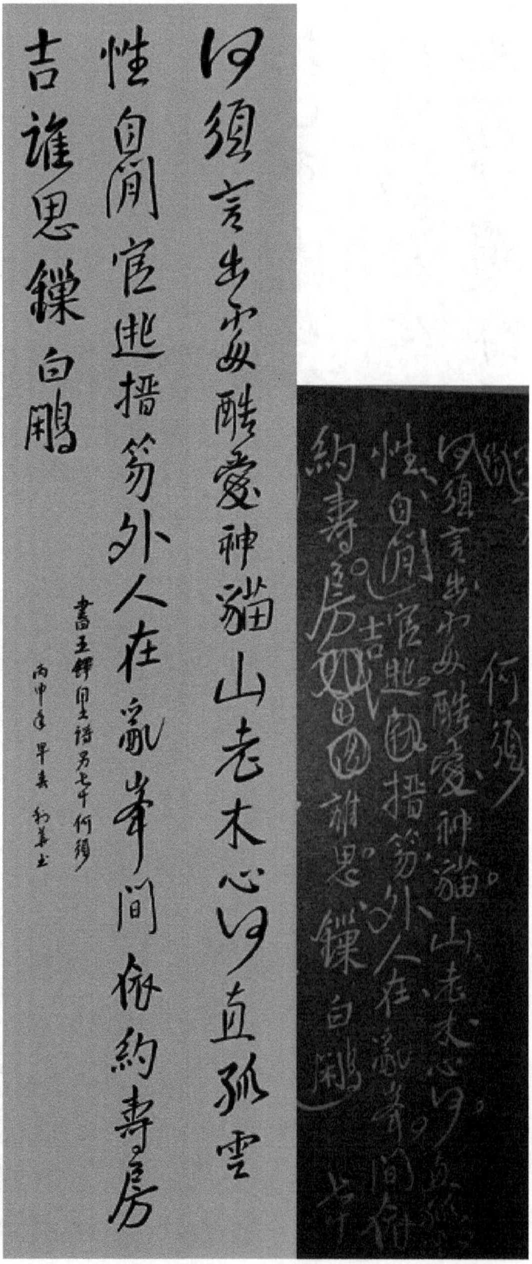

何须言出处，酷爱神猫山。老木心何直，孤云性自闲。官逃搢（饰

释文：何须言出处，酷爱神猫山。老木心何直，孤云性自闲。官逃搢（饰
带）笏（手板）外，人在乱峰间。依约寿房吉，谁思锁白鹇。

54

55.《望官兵》

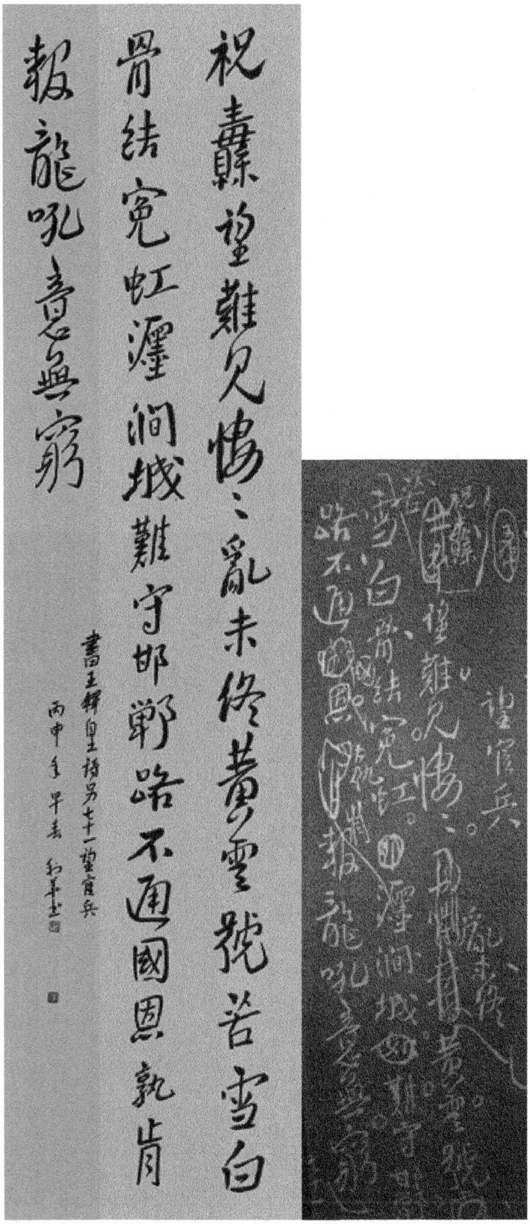

祝纛望难见，凄凄乱未终。黄云号苦雪白
骨结冤虹。瀍涧城难守邯郸路不通国恩孰肯
报龙吼意无穷

书王释皇诗另七十一望官兵
丙申年早春 孙本忠

释文：祝纛（古时大旗，原释文为"县"）望难见，凄凄乱未终。黄云号苦雪，白骨结冤虹。瀍涧（河名）城难守，邯郸路不通。国恩孰肯报，龙吼意无穷。

55

56.《十年》

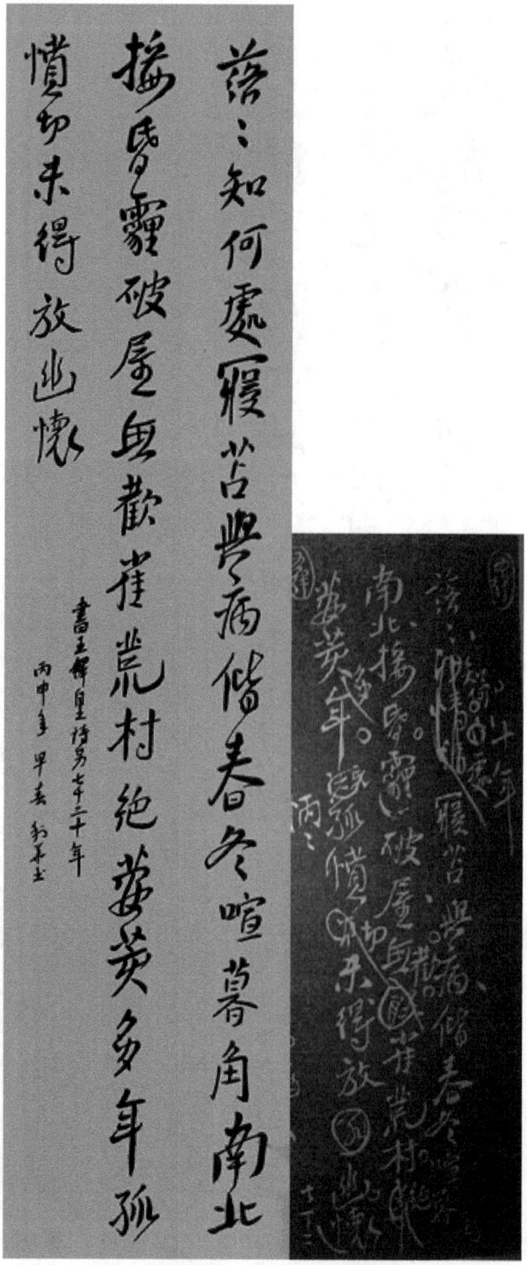

落落知何处，寝苦与病偕。春冬喧暮角，南北接昏霾。破屋无欢雀，荒村绝萎荄。多年孤愤切，未得放幽怀。

书王阮亭精华七十二年

丙申暮早春 翁禾士

释文：落落知何处，寝苦与病偕。春冬喧暮角，南北接昏霾。破屋无欢雀，荒村绝萎荄（草根）。多年孤愤切，未得放幽怀。

56

57.《炳炳》

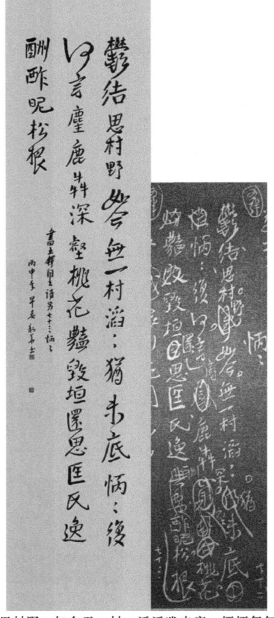

释文：郁结思村野，如今无一村。滔滔犹未底，炳炳复何言。麈（一种大鹿）鹿犇深壑，桃花艳毁垣。还思匡氏逸，酬醉昵松根。

58.《念冲淡》

释文：阳气欲平分，相怜腹有君。世情无可怿（欢喜），乡信那堪闻。命酒销春日，寻丘枕夜云。九围胡麾麾（大旗，原释文为"蹙蹙"），孰得稳耕耘。

59.《与叔王天衢》

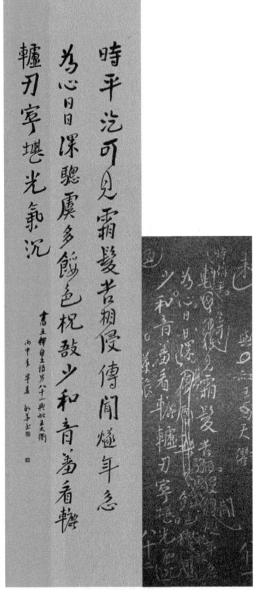

释文：时平汔（但愿）可见，霜发苦相侵。传闻燧年急，为心日日深。骢（青白色的马）虞（虞人，古时管森林的小官）多馁（饥饿）色，枳敔（打击乐）少和音。羞看辘轳刃，宁堪光气沉。

60.《逆旅》

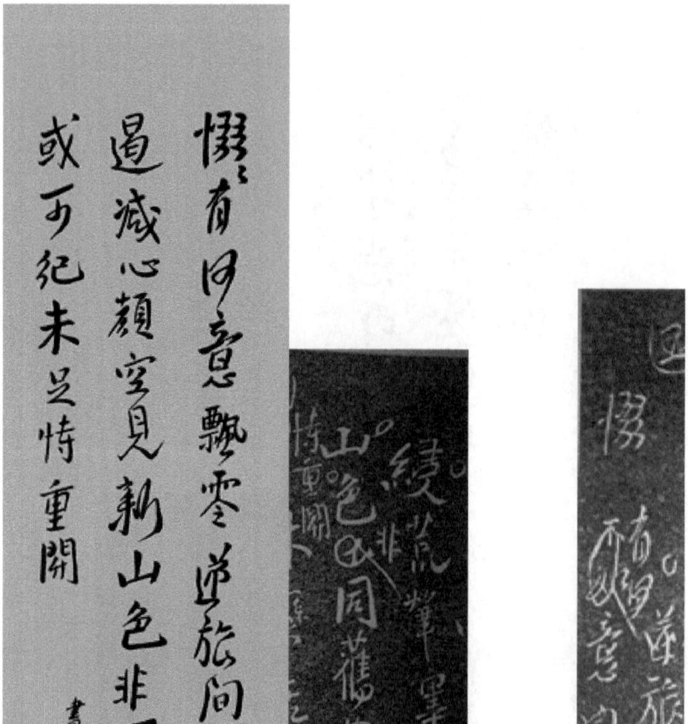

懢懢有何意飄零逆旅間朱綬荒筆墨綠
�減心顏空見新山色非同舊草斑殳書
或可紀未足恃重開

書上解日主辞为八十三逆旅
丙申季早秋初羊主

释文：懢忧（原稿空缺）有何意，飘零逆旅间。朱绶（染朱之线）荒笔墨，绿
逴（远）减心颜。空见新山色，非同旧草斑。殳书或可纪，未足恃重天。

61.《木栾店》

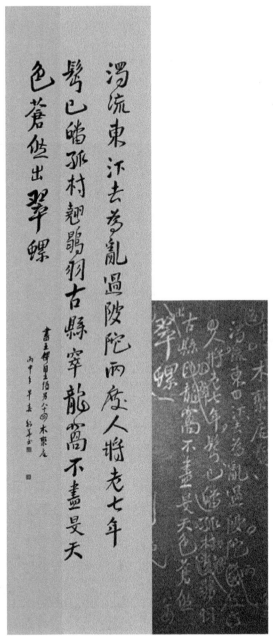

释文：浊流东汴去，为乱遇陂陀。两度人将老，七年鬓已皤（白色）。孤村翘鹈（雉类）羽，古县窄（突然钻出）龙窝。不尽旻天色，苍然出翠螺。

62.《温峪》

释文：此峪开何日，然经一旦浮。老僧惟善世，保乳不知愁。坤轴飞青黛，天风下白鸥。思飡（餐）太始雪，皓首越三丘。

63.《慧鸟》

释文：捷捷多亨（原释文为"享"）利，翻飞亦太矜。岂知元化内，自有太玄乘。祸福何如拙，聪明未足凭。古来良不少，动止戒维绳。

64.《襄枭鸟》

书王铎自书诗另六十七襄枭鸟
丙申季春月 翁开生 ▦

释文：为鸟甘枭姓，高翔入窅（喻深远）冥。从容深自得，矫举久闻腥。不学鸿鹄逸，安分吴楚灵。肯从柏氏请，何必用雷霆。

64

65.《借花供》

释文：未减白红趣，亲开西向轩。展如分大冶，瑟彼即幽园。风定香能闇（暗），人恬鸟不喧。碻然各有地，稽首太阳恩。

66.《聊且》

释文：冷气欣将退，此心觉淡然。毛龟能自处，石鼠若为妍。聊且归三瞢（看），楼（栖）迟撰七涓。斋心田祖祐，黍酒不摊钱。

67.《偶记》

释文：月转轮初妥，梅花争暮寒。故人书渺渺，伐寇橄漫漫。不断积尸气，空思大将坛。芙蓉留夏喜，勿使晓畴官。

68.《浩荡》

释文：旅况兼兵悉，处心遇易闲。漂离能塞兑，奔避未开颜。剪烛窥孤剑，弹琴响众山。皇恩太浩荡，不见拯时艰。

69.《与荆岫云岫念冲若水荆田用章》

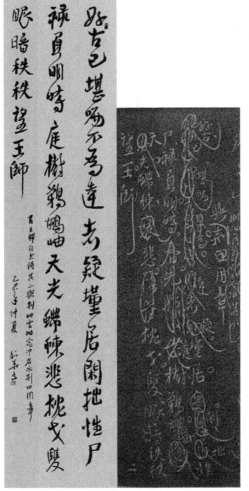

释文：好古已堪哂，不为达者疑。堇居闲拙性，尸禄负明时。庭树鹈鹕
岫，天光蟒蝀悲。枕戈双眼暗，秩秩望王师。商榷：《王铎诗文残稿》(中州古
籍出版社 2013 年出版)将"庭树鹈鹕岫"释为"庭树鹈鹕见"，"岫"变成"见"
(现)，显然只注意到原稿该字的左边，而忽略了右边"由"；从诗意的角度来
看，"岫"显然要比"见"更具形象化的特征："见"只具有显现的特征，而"岫"不
仅有显现的特征，而且更具形象的特征，"岫"为"峰峦"的意思，而"鹈鹕"是大
型全蹼足鸟，以此来形容站立在庭院树上的大鸟是十分生动的。

70.《欲建寺家南崝嵘山》

釋文：劀（劀，鋤斷）云开鹭岭，灯影自潇潇。人外闻钟乳，星边度石桥。群凶终草泽，世界正唐尧。莫旷佛龛月，还期供药苗。

71.《欲建寺家南崝嵘山》其二

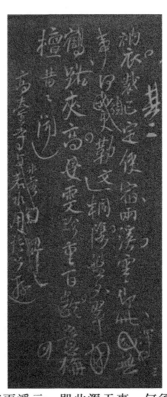

衲衣裁已定，便宿雨溪云。即此浑无事，何须更勒文。桐阴盘夕翠，鹤路夹高雯。珍重百龄意，梅檀昔昔闻。

书王辅自七诗之四其二

乙未年仲夏　和军文

释文：衲衣（袈裟）裁已定，便宿雨溪云。即此浑无事，何须更勒（篆刻）文。桐阴盘夕翠，鹤路夹高雯。珍重百龄意，梅檀昔昔（夜夜）闻。

72.《高台寺与冰壶若水用章诸公游》

释文：春风香界起，高处自然殊。不见遊人踩，惟闻老树呼。金轮徐俯
仰，玉磬入虚无。日暮层楼外，行山绿气徂（往、到）。

73.《兵阻河上为暴伤人不得取书》

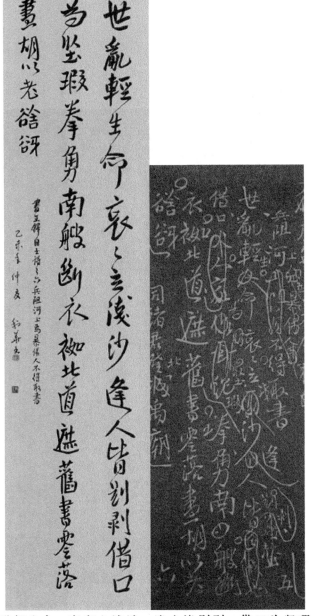

释文：世乱轻生命，哀哀立浅沙。逢人皆剔剥，借口为坚瑕。拳勇南艘断，衣袽（破衣）北道遮。旧书零落尽，胡以老馣舒（山谷空旷貌）。

74.《同诸君登北城禹庙》

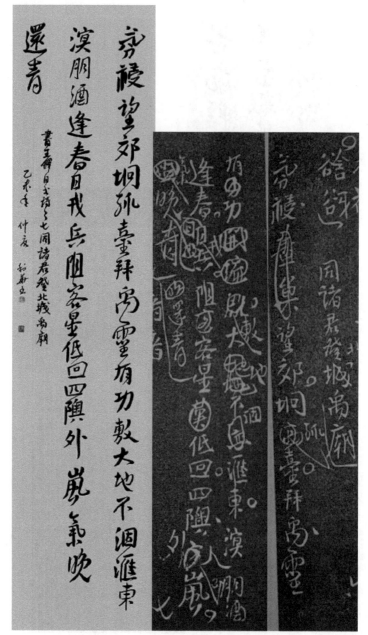

释文：氛褛望郊坰（郊野），孤台拜禹灵。有功敷大地，不涸汇东溟。朋酒逢春日，戎兵阻客星。低回四墺（居住地）外，岚气晚还青。

74

75.《暗暗》

释文：何日遇知音，年华暗暗侵。有愁驱不去，克燮望弥深。万木祈春气，危城薄暮心。（孟津寇攻）此生安所定，抱蜀且孤吟。

76.《想江碉》

释文：绿蒲傍静矶，春事与心违。宝砖无同韵，峥嵘不易归。寇烽将北渡，虏雁向南飞。还想江隅碉，俾躬意古徽。

77.《一身》

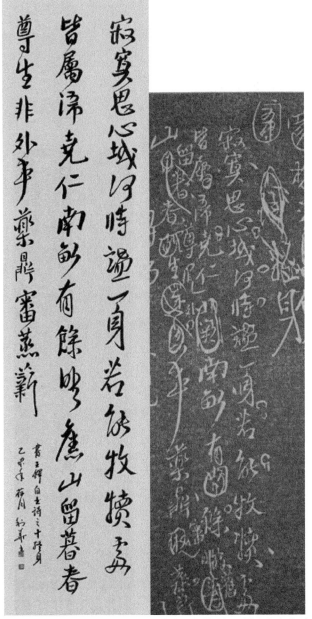

释文：寂寞思心域，何时谧一身。若能牧犊处，皆属谛尧仁。南亩有余暇，旧山留暮春。尊生非外事，药鼎审蒸薪。

78.《得为》

释文：理解江南楫，得为樵父伦。自知防括动，非是不谋身。海瘴能辞病，山魈愿比邻。殷勤旧岭石，相与缔情亲。

79.《与刘章杨循如约入枋口山》

释文：欲往旭清内，萝深作石农。他时恐更老，此日愿相从。虢虢（水声）镜中舫，濛濛云上中。香凤各有取，自选在何峰。

80.《邀若水一元》

把臂为谁雄情文各不同 喜逢龙准裔 复醉鹿皮翁 语默存孤悲歌吊一古桐藏山思祝髮果愿薄微躬

书元师白书诗为十八邀若水一元

乙亥子荷月 和笔书

释文：把臂为谁雄，情文各不同。喜逢龙准裔，复醉鹿皮翁。语默存孤悲，歌吊一古桐。藏山思祝友，果愿薄微躬。

80

81.《赠用章前一日登高处望山》

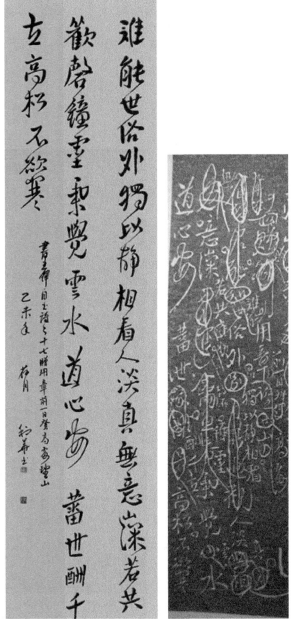

释文：谁能世俗外，独以静相看。人淡真无意，山深若共欢。磬钟灵气觉，云水道心安。蕃世酬千古，高松不欲寒。

82.《居心》

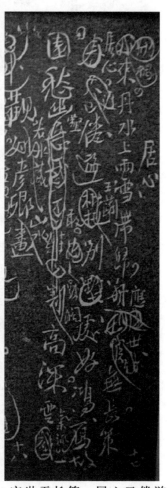

偶来丹水上雨雪滞归舟应世无长策
心已倦游玉兰别处好鸿雁故园愁幽
阁高深云气流

书奎翁自书诗之十六居心

乙未春 醉月

和平书

释文：偶来丹水上，雨雪滞归舟。应世无长策，居心已倦游。玉兰别处好，鸿雁故园愁。幽壑感疏阔，高深云气流。

82

83.《观若水藏姚彦卿山水画》

春色何曾尽，突然有素秋。杜门虽寂处，掘药岂无求。云内一生命，岩前万象幽。灵光安忍负，斯意不能休。

釋文：春色何曾尽，突然有素秋。杜门虽寂处，掘药岂无求。云内一生命，岩前万象幽。灵光安忍负，斯意不能休。

84.《观若水藏姚彦卿山水画》其二

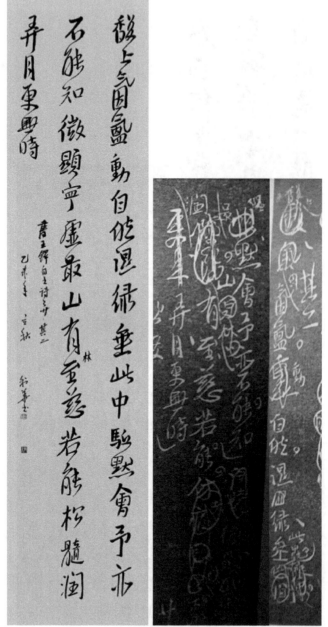

释文：馥上氤氲动，自然湿绿垂。此中驼默会，予亦不能知。微显宁虚最，山有林至慈。若能松髓润，弄月更无时。

85.《欲渡》

释文：南来逢朔雪，丧乱值春风。客计惭衰貌，乡心见去鸿。山残亏窈窕，洲翳碍玲珑。遥想台缁盛，梨花战鼓中。

86.《河北见家山》

释文：积气廓（地名）山来，感时睹旧隈。几人塝（耕地）湿土，一鸟庂寒灰。山色公然减，原花懒去开。书生命若此，皇父正低回。

87.《铅山》

释文：绿浓非草色，光影醒愁颜。复听轮频响，方知身未闲。石峦青广漠，云穴白双鬟。乱忦不关此，山山类故山。

88.《喜舜玄》

颠沛音难至，贼中信未真。犹疑兵阻路，勿遽泪沾巾。家父思无殆，昊天岂不仁。溱溱雒社里，添尔白头人

释文：颠沛音难至，贼中信未真。犹疑兵阻路，勿遽泪沾巾。家父思无殆，昊天岂不仁。溱溱雒（洛）社里，添尔白头人。

89.《惊》

释文：金钲鸣未已，无以愒惊魂。此月云阴惨，多年兵气繁。仰天维斗籥（呼天），韬舌壮心存。谁实为周氏，委蛇荷重恩。

90.《夏谴》

释文：客次将寒食，白鹇日日饥。生憎砚水冻，赤厌杏花晖。卫北军声偪（逼），雒（洛）阳音信违。时危忧谴者，反谓亵天威。

90

91.《准拟》

释文：准拟田园好，孰知盗未平。人饥不爱死，身老厌谈兵。夜火城鸦起，春阳介马鸣。钝人诚管管，苟药豔峥嵘。

92.《约若水》

释文：爱我频相访，知君世未忘。愁髩还作画，病眼不盈觞。雪里含深意，梅边有静光。读书识损益，更约茸云房。

93.《柬爕园》

风沙骇视听 别久想清言 乱世多荣禄月人肯
报恩即戎羞邓禹 起舞劝刘琨 闻汝心韬
略 孤光贲一园

书王铎自书诗之十九柬爕园

乙未

平秋

释文：风沙骇视听，别久想清言。乱世多荣禄，何人肯报恩。即戎羞邓
禹，起舞劝刘琨。闻汝心韬略，孤光贲一园。

94.《司州》

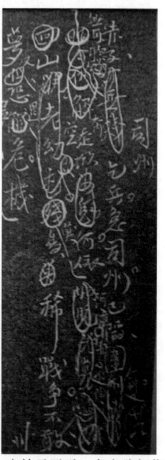

赤子乞兵急，司州已陷围。人神无可听，奔走欲何依。河凉舟航阻，山空鱼鸟稀。战争不敢梦，又恐遇危机。

书王铎自主席之州司州

乙未年仲秋 钧善书

释文：赤子乞兵急，司州已陷围。人神无可听，奔走欲何依。河凉舟航阻，山空鱼鸟稀。战争不敢梦，又恐遇危机。

95.《玉清宫阁上》

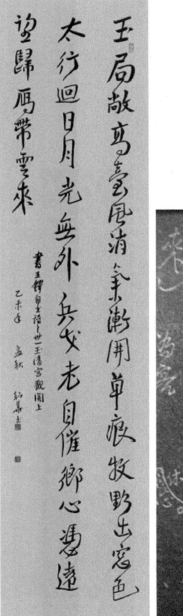

释文：玉局敞高台，风消气渐开。草痕牧野出，窗色太行回。日月光无外，兵戈老自催。乡心凭远望，归雁带云来。

96.《为客》

释文：为客怀州久，棘人合闭门。休心当少事，归老欲何言。云近夜多白，霾深日屡昏。昆仑瑶树在，得否（原书为"石"）探河源。

97.《率尔》

释文：率尔见春草，草生春不知。一从来古巷，不复到疏篱。药篆光风曬，剑花旧土滋。空馀（余）登顿兴，幽独欲无为。

98.《远梦》

释文：相识远（原书为"观"）嵩阳，兵声未小康。性忙书里慢（原书为"慢"），体病硐边忘。投饵惊龙寝，考诗告雁堂。飞身凌海外，不独梦潇湘。

99.《却居》

自离五畿内却居室壁前忧心怀竹舍狂性问渔船杨柳俯峰色弟兄燕浦烟千年荣启后无故续幽传

书之释曰上语玉茎却居

乙未季仲秋

新華書屋

释文：自离五畿内，却居室壁前。忧心怀竹舍，狂性问渔船。杨柳俯峰色，弟兄燕浦烟。千年荣启后，无故续幽传。

99

100.《素业》

素業今日在 山中室不移 蘭英紅灼灼 蕉葉綠時時 自有都中事 遂虛巖下期 稿夫敬相劳 莫缓補茅茨

書王粲日詩之六素業

乙亥年 仲秋 新華書

释文：素业今何在，山中室不移。兰英红灼灼，蕉叶绿时时。自有都中事，遂虚岩下期。稿夫敬相劳，莫缓補茅茨。

101.《欻来》

欻來沁水上獨與道家論非是傲榮寵
無能救眾人悲歌誰可和勳業竟難臻惆
悵白雲約平生負一身

書王鐸自書詩之世欻來
乙未正晚秋和平志

释文：欻（忽然）来沁水上，独与道家论。非是傲荣宠，无能救众人。悲歌
谁可和，勋业竟难臻。惆怅白云约，平生负一身。

102.《不如》

释文：济世终人事，不如安一琴。薄田成绿酒，高屋僦（租赁）青林。身静宁知老，云深不可寻。宧（深远）然歌瓠（爬蔓）叶，象外复何心。

103.《大云寺》

浮屠突兀起，灵境合空虚。物外观诸品，人中想太初。云霞归有所，龙象往何墟。庐九还纷扰，悠悠响木鱼。

释文：浮屠（佛塔）突兀起，灵境合空虚。物外观诸品，人中想太初。云霞归有所，龙象往何墟。庐九还纷扰，悠悠响木鱼。

104.《冰壶若水招集按指斋同汇泽雪奎心水》

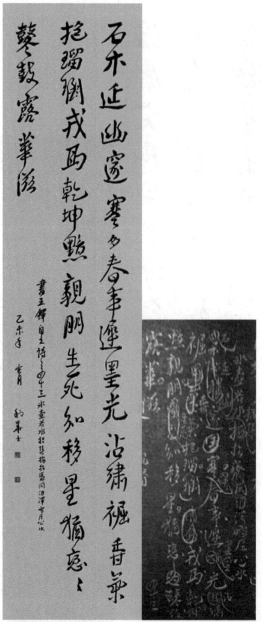

释文：石木延幽邃，寒多春事迟。墨光沾绣袖（有带的短衣），香气抱琉璃。戎马乾坤黯，亲朋生死知。移星犹恋恋，鼛鼓露华滋（润泽）。

105.《沉潜》

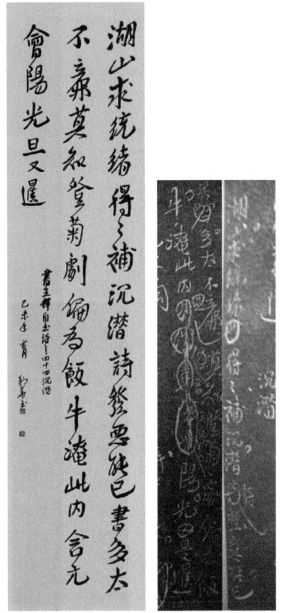

释文：湖山求统绪（头绪），得得（自得状）补沉潜。诗发恶能已，书多太不廉。莫知登菊剧，偏为饭牛（比喻贤才屈身）淹。此内含元会（记时），阳光旦又暹（太阳升起）。

106.《范文正词》

日暮荒祠下　　书王碑自书诗之罕王范文正祠
忧时一拜中观　　乙未廷青
人寻大节披史　　钓翁书
荒遍风世已轻　
儒术吾将学圬　
工先生当此日　
曾否羡冥鸿　　

释文：日暮荒祠下，忧时一拜中。观人寻大节，披史敬遗风。世已轻儒术，吾将学圬工(瓦工)。先生当此日，曾否羡冥鸿(高飞的鸿雁)。

106

王铎的诗与书

关于王铎笔者已经写了数篇相关的文章，如《论王铎——试论"后王胜前王"》（《美与时代》2014年第8期）、《谈笔法，学王铎》（《文化月刊》2015年5月号）、《临王铎书法有感》（《书法的现代性与临习》第28页，中央编译出版社2015年4月出版）等，内容涉及书法与继承的关系、书法与人文修养的关系、书法与绘画的关系等。但是书法与诗歌的关系，对王铎来说应该是最为密切的，因为王铎的书法绝大部分都与诗有关，而且又以自作诗为主。王铎一生创作了大量的诗，也可以说，诗伴随了他一生，支撑了他一生。诗是他的精神（内在的）支柱，而书是他的外在（艺术的）表达。但遗憾的是，王铎一生创作了超过两万首诗，却很少有人关注，留下了研究的空白。有人说"其诗名为书画成就所掩"，其实，历史上诗、书、画俱佳的大有人在，唯独将王铎的诗"掩"盖了？这怎么也说不通。其实，对王铎的诗与书的研究比较多的还是在明、清，特别是清代。而到了近现代，对王铎的关注就越来越少了，对他的书法，日本人的关注也比我们早，我们只是在改革开放之后，随着书法热的逐渐升温，对王铎的书法也热了起来。但是对他的诗，还是很少有人问津。我想，这不能不与王铎的"贰臣"（前朝大臣在新朝做官）身份有关。为传统儒家所不耻的"贰臣"，被斥之不忠不义，其实这样的标准并不符合社会历史发展的规律，"忠"和"义"要看对谁而言，对国家、对民族、对人民有利、有益，那就是"忠"和"义"，反之才是不忠不义。王铎的诗和书恰恰就是他"忠"和"义"的生动展示。

笔者有幸在网上查找到了为数不多的北京大学中文系博士后白一瑾所写的《论王铎诗歌的美学取向》一文，这篇论文为我们提供了明、清时期研究王铎诗的24份资料，而且确定了由王铎自身提出的诗歌的美学取向"大""奥""创"，①并做了详尽的分析和论证，巧妙地回避了"贰臣"的困扰，当然也留下了误读诗境阴冷的一面。但是诗歌美学取向的确立，无疑是有价值的，以下笔者将以

"大""奥""创"为线索，结合书法的特性，进行诗与书的综合性论证，为当下书法的发展提供某些思考。

(一)"大"——宏阔崇高的美学价值

《庄子·知北游》中提出："天地有大美而不言，四时有明法而不议，万物有成理而不说。"这里的"大美"显然是指自然界的显现形态，"明法"与"成理"是指自然界的运动规律和生存法则，庄子认为人类能从自然本身的运行规律上（"天下有常然"），从人对规律的自由掌握上（"天下诱然皆生"），确立美与真的统一性。人类通过对自然界规律的把控，就能够创造出"大美"，即崇高之美。

什么是崇高美？王铎在《文丹》中有一段论述：

> 文，曰古、曰怪、曰幻、曰雅。古则苍石天色，割之鸿濛，特立巉礌，又有千年老苔，万年黑藤，蒙茸其上，自非几上时铜时礨（瓷），耳目近玩；怪则幽险狰狞，面如贝皮，眉如紫稜，口中吐火，身上缠蛇，力如金刚，声如彪虎，长刀大剑，擘山超海，飞沙走石，天旋地转，鞭雷电而骑雄龙，子美所谓"语不惊人死不休"、文公所谓"破鬼胆"是也；幻则仙经神箓，灵药还丹，无中忽有，死后忽活，九天不足为高，九地不足为渊，纳须弥于芥子，化寸草为金身，观音洞滨方为现像，倏而飞去，初非定质，令人如梦如醉，不可言说；雅则如周公制礼作乐，孔子删诗书成春秋，陶铸三才，提掇鬼神，经纪帝王，皆一本之乎常，归之乎正，不咤为悖戾，不嫌为怪异，却是喫饭穿衣，日用平等，极神奇正是极中庸也！

王铎从人类文明发展的高度来阐明中国艺术的本质特性："古"，对传统的继承。既然是历史，那就必然有人类开天辟地的一面（"割之鸿濛，特立巉礌"），又有难以梳理、易被遗忘的一面（"有千年老苔，万年黑藤，蒙茸其上"），但是人类的发展，是历史的延伸。王铎书法每一个阶段的发展，都离不开对传统的继承；"怪"，人类在抗争中创造美。崇高是什么？"怪则幽险狰狞，面如贝皮……"，康德说得好：崇高表现为"最粗野最无规则的杂乱和荒凉，只要它标志出体积和力量"，"先有一种生命力受到暂时的阻碍的感觉"，然后有一种"更强烈的生命力的洋溢迸发"，[②] 即从痛感上升到美感，人类社会的美不正是在优美与崇高的辩证统一中发展起来的吗？王铎的书法恰恰具有优美和崇高的二重性，其丰富和提升就在于此；"幻"，艺术创造中的幻想和灵感。"无中忽有，死后忽活，……如梦如醉，不可言说”，艺术源于生活又高于生活，就在于艺术家的“幻”，艺术家有无超越现实的想象力决定了艺术的成败、高低；“雅”，中国艺术发展的文化内涵。“雅”与“怪”是一对矛盾，是矛盾的两个方面：“雅”是本质、是目的；“怪”是现象、是过程。王铎的书法将二王（羲“雅”、献“怪”）融于一身，又吸收了颜、柳、旭、素、米、黄诸家精华，最后形成了独具个性特色的内“雅”外“怪”的风格，达到了“极神奇正是极中庸也”的高度！这种美，雄阔壮丽又不失秀美优雅。我们看如下的诗与书（图 1）：诗《木栾店》“浊流东汴（今河南莱阳西南索河）去，为乱遇陂陀（倾斜不平）。两度人将老，七年鬓已皤（白色）。孤村翘鹍（雉类）羽，古县窣（突然钻出来）龙窝。不尽旻天色，苍然出翠螺（原指妇女发髻，此处用以比喻山峦的形状）。《王铎诗文残稿》一书收录王铎五十至五十一岁两年多时间的自书诗 139 首（还包括铭文 6 篇、题跋 1 篇）。此时正值王铎在书法和诗歌创作上的巅峰时期。黄道周在《黄漳浦集卷十四・书品论》中说：“行书近推王觉斯，觉斯方年盛，看其五十自化”。这首《木栾店》开头点出了时局的动荡（“浊流”）和混乱（“为乱”），接着是抒发情感的悲凉（“人将老”）和感叹（“鬓已皤”）。但动乱中尚有生机，“孤村翘鹍羽，古县窣龙窝”。最后是点睛之笔，化腐朽为神奇，“不尽旻天色，苍然出翠螺”，浩瀚的天空一览无余，起伏的山峦苍莽青翠。这种情感的升华引起的景象转化，使流动的书法打破常态，将奔腾与收缩、典雅与放纵、情感的宣泄与传统的法度合而为一，达到一种新的奇幻的艺术效果。这种随意所为的书写，笔画粗细、结体大小、墨色枯润、字形奇正的千变万化，使整幅作品极富跳跃性和节奏感，首尾“浊流”与“翠螺”的反差，让人叹为观止，不仅是字形的飞跃，而且有色彩的突变，这种不经意的匠心独运，在相当“随便”的布局中，表现出诗人兼书家这种复杂、矛盾心理中的亮点。王铎在动荡黑暗、复杂多变的社会没有沉沦，他在艺术的创作中获得了精神上的愉悦和尊严，实现着人的价值。请看他在五十岁生日所写的两首诗：“五十今胡至，白头已半摧。宝刀真可笑，铭鼎欲成灰。虏寇无时灭，赓（续）飏何自回。载宁萦瘖叹，青髓骨岩开。”（图 2）“知有艾（老也）时在，不期辄贲（指衣着华丽的贵宾）予。夷（平安）瘳（病愈 ）何未已，残腊可能除。松桂（即指明代书画家袁枢所藏的《松桂堂帖》）盟当谂（同“审”），夔龙意竟竦（惊惧）。百年如得偕，非愿舍煙渔（王铎别号）。”（图 3）（《王铎释文残稿・五十》）这两首诗揭示了战乱给社会和家庭带来的灾难和不幸，“虏寇无时灭，赓飏何自回”，虏寇何时能够消灭，人们何时能够继续吟诵，这是对自由的渴望；“百年如得偕，非愿舍烟渔”，王铎希望自己

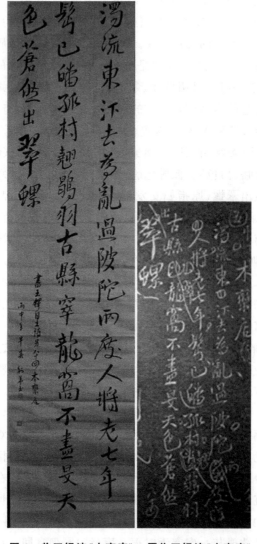

图1　临王铎诗《木栾店》　原作王铎诗《木栾店》

百年之后，能留下像《松桂堂帖》那样的名帖在世。王铎五十岁之后，生活发生了急剧的变化，局势的混乱，家庭的灾难，生活的困惑，境遇的不测，使他的思想和情感充满了矛盾，他感到"补天乏术，出世无门"，此时的人可以是醉生梦死，也可以是将内心的痛苦、焦灼，甚至颓丧转化为艺术的宣泄，使自己的精神世界寻找到审美的依托。王铎选择了后一条道路。这种复杂的情感，反而

图 2　临王铎诗《五十》（其一）　原作王铎诗《五十》（其一）

使他的艺术创作从"工"走向"不工"，书法的用笔、点画、结字、气势、神采都发生了巨大的变化。王铎喜欢颂龙、书龙，在这三幅作品中就出现了两次"龙"，王铎确实有"龙"的情结，他的诗书中出现了大量的"龙"。"龙则力气充实，近而虎豹鬼魅不敢攫，远而紫日丹霄云翳电火金石不能锢。小之巨之，屈之伸之，可以舞天，可以攀岳，可以掀海，可以入地中，可以出宙外。"（《拟山国集》）由此可见王铎所谓的"大"，"首先是具有宏壮浑厚、堂皇正大的内在'元

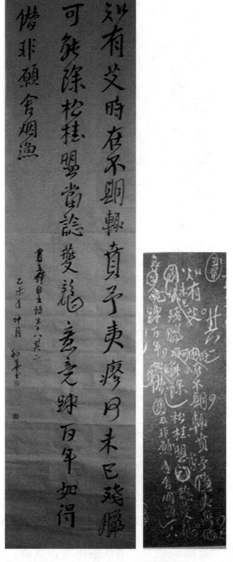

图3　临王铎诗《五十》(其二)　原作王铎诗《五十》(其二)

气'，也即作品充实的精神内涵和情感力量；其次是能够具备开阔的眼界和博大精微、变化莫测的特点"。③他的诗文残稿比之他的正规条幅更显得随意，涂抹、修改，用笔恣肆狂放，用墨浓淡枯润，字形奇崛险怪，笔画勾环盘纡，章法左突右奔。王铎的好友黄道周有这样一段话："行草近推王觉斯，觉斯方盛年，看其五十自化，骨力嶙峋，筋肉辅茂，俯仰操纵，俱不系人，抹蔡（襄）掩苏（轼），望王（右军）逾羊（欣），宜应无如倪洪宝（元璐）者，但今肘力正操，著力太深，人尚不解其妙耳。"④

（二）"奥"——寻古探究的审美追求

那么，如何能达到这种"大"的审美效应呢？那就是"奥"，即寻古探究。王铎在《与严荦》中说："盍古人奥旨，其精光隐现楮墨外。疑有声响断断，不能埋没。所以为今帖易，为古帖难。千年来绵绵不死者，实有物。焉以厚其魂魄，不徒彊猛。"这段文字翻译成现代汉语的意思是：何不探寻一下古人奥秘的宗旨呢，在它们的笔墨中闪现出精美的光芒，并且不断地影响着后人，这是不能埋没的。所以临习今人的帖容易，临习古人的帖难。（前贤留下的作品）千百年来不断地焕发出生命的活力，实在是因为它们有价值。所以它们以其雄厚的力量动人心魄，不只是外表的强猛。他在《拟山园选集》中说："文之平直者，如行平地，所见薄狭，不必邃深也。欲登古人，无有不奇，比之跻耸峻之峰，劭力苦踵，可云难矣。迨造其峰，廓然万里，目际自尔超然。"在《琅华馆帖册跋》中又说："书不师古，便落野俗一路，如作诗文，有法而后合。所谓不以六律，不能正五音也。如琴棋之有谱。然观诗之《风》《雅》《颂》，文之夏、商、周、秦、汉，亦可知矣。故善师古者不离古、不泥古。必置古不言者，不过文其不学耳。"诗与书都有一个"浅"与"深"和"俗"与"雅"的问题。"浅"者，如履平地，"所见薄狭"；"深"者，"跻耸峻之峰，劭力苦踵"；前者"野俗一路，"后者，"廓然万里，目际自尔超然。"如何"深""雅"？"欲登古人，无有不奇""观诗之《风》《雅》《颂》，文之夏、商、周、秦、汉"。

阅读和鉴赏王铎的诗词和书法，有时会感到有一定的难度，诗文的引经据典和书写的"恣"意"妄"为会让人产生阻隔，但是，一旦明白了，就会有一种豁然开朗的感觉，认知随之也向深度延伸。如图1《木栾店》尾联"不尽旻天色，苍然出翠螺。""翠螺"指什么？宋周紫芝《鹧鸪天》词有"明年身健君休问，且对秋风卷翠螺"句，指妇女的发髻，而此处意为在不尽的天空下是起伏的山峦，比喻真是妙不可言，加之书写的极度夸张，审美与认知得到极大的满足。图2《五十》尾联"载宁萦寤叹，青髓骨岩开。""寤"怎么讲？《诗经·周南·关雎》有"窈窕淑女，寤寐求之"，《说文》有"寐觉而有言曰寤"，此句意为满载安宁的理想只能在梦中感叹，而末句"青髓骨岩开"，骨岩，仙姑岩，在湖南境内，又名仙瀑岩。此句以景寓情：青碧如玉的泉水在仙瀑岩绽开，这是何等美丽的景

113

象，情感随之从感叹提升到对未来的憧憬，笔墨的随意流畅则是这种情感的自然表露。图3《五十·其二》首联"知有艾时在，不期辄贶予。"《礼记》云"五十曰艾，服官政。"郑玄注"艾，老也"；《易·贲》："象曰：山下有火，贲。"孔颖达疏："欲见火上照山，有光明文饰也。"首联意为，知道自己老之将至，有很多衣着华丽的贵宾来给我祝寿。颔联"夷瘳何未已，残腊可能除。"《诗·大雅·瞻卬》："罪罟不收，靡有夷瘳。""夷瘳"，疾病平复痊愈，比喻生民疾苦的解除。此联意为：生民的疾苦一直没有解除，残月可能很快就要结束。颈联"松桂盟当谂，夔龙意竟竦。""松桂"，即《松桂堂帖》，为明代书画家袁枢所藏。此联意为王铎五十岁生日时对此帖念念不忘，以至于誓要与松桂结缘，连夔龙都为之惊恐。足见王铎对该帖钟爱之深。尾联"百年如得偕，非愿舍烟渔。""烟渔"，指王铎的别号。此联盖指王铎希望自己百年以后，能留下像《松桂堂帖》那样的名帖存世。黄道周深知王铎的天赋和才学，并预言其"五十自化"。王铎也似乎对自己的书法有了明晰的认识和判断，以期百年之后能名垂青史。

王铎《临古法帖》后有言："书法贵得古人结构。近观学书者，动效时流。古难今易，古深奥奇变，今嫩弱俗稚，易学故也。呜呼！诗与古文皆然，宁独字法也。"王铎的这一段话，是针对晚明时期所出现的以公安派、竟陵派为代表的一股反复古思潮，他们虽然对小品文的兴起起到一定的作用，但是对低级、庸俗的文风起到了推波助澜的作用，如钱谦益在《列朝诗集小传》所批评的那样"为俚语，为纤巧，为莽荡，"以致"狂瞽交扇，俚鄙大行"。彭而述《胡德辉先生诗序》曰："三十年来户公安而家竟陵，盈尺之面安在乎？此非薄视古人，而反高待今人也。吾乡王孟津当年尝感风气之靡，与余矢心共挽，海内有力之士间有所孤奋，以自标置于世，骎骎乎丕变矣。"可见在晚明复古主义重兴，抨击公安竟陵风气的过程中，王铎实为有力的推动者。"古深奥奇变，今嫩弱俗稚。"这是对自身追求的概括和对当时时弊的批判。

"深奥奇变"对诗文来说离不开"引经据典"，对书法来说"数十年，皆本古人，不敢妄为"。王铎一生到底临过多少帖，根据杨惠东、许晓俊主编的《王铎书法类编》中的临帖部分"临王羲之王献之"，包括王羲之的《阔别帖》《此郡帖》《清河帖》《瞻近帖》《大观帖》《小园帖》《月半念帖》《宾至帖》《散势帖》《丘令帖》《谢生帖》《不审帖》《清河帖》《采菊帖》《增慨帖》《敬和帖》《知足下帖》《诸从帖》《平安帖》《吾怪帖》《嘉兴帖》《嫂安和帖》《秋月帖》《阮新妇帖》《此郡帖》《得万书帖》《月末帖》《汝不帖》《吾唯帖》《兰亭序》《圣教序》《此郡帖等阁帖卷》《徂暑帖等阁帖卷》，诸多帖临习数遍。王献之的《奉别帖》、《岁杂帖》、《敬祖帖》、《省前书帖》一二、《昨得不快帖》、《鹅还帖》、《愿馀帖》、《余杭帖》、《鄱阳帖》、《鹅群帖》、《东阳帖》、《敬祖帖》、《来迟帖》、《玄度和来帖》、《违远帖》、《廿九帖》、《省前书帖》、《豹奴帖》、《节过岁终帖》、《愿馀帖》、《忽动帖》、《委屈帖》、《江州帖》、《冠军帖》、《吾唯帖》、《月末帖》、《鹅群帖等阁帖卷》，诸多帖也临了数遍。根据"临唐代诸贤"临欧阳询《兰惹帖》，虞世南《贤兄帖》，褚遂良《潭府帖》、《家侄帖》一二三、《仿唐太宗书卷》，还临唐太宗《叔艺帖》《琵琶帖》《使至帖》，徐峤之《春首帖》一二，柳公权《辱问帖》一二、《圣慈帖》、《伏审帖》、《荣示帖》、《书扇面》，薛稷《夏热帖》，宋儋《接拜帖》、《淳化阁帖》等。根据"临古帖"部分，临《张芝终年帖》(二)、《郗愔至庆帖》、《谢安帖》、《王涣之二嫂帖》、《王昙首昨服散帖》(二)、《谢庄昨还帖》、《薄绍之迥换帖》、《王僧虔刘伯宠帖》、《王筠至节帖》(三)、《闲旷帖》(二)、《谢璠伯江东帖》、《谢璠伯江东帖等阁帖卷》、《庾翼季春帖》、《庾翼故吏帖等阁帖卷》、《王操之婢书帖》、《钟繇宣示表》、《褚遂良潭府帖》、《徐峤之春首帖等阁帖卷》、《王涣之二嫂帖等阁帖卷》、《张芝冠军帖等阁帖卷》、《琅华馆崇古帖卷》(二)、《千秋馆学古帖卷》、《宋明帝郑修容帖等阁帖卷》、《琅华馆信古似帖卷》、《古法帖及米芾帖卷》、《拟山真迹卷》、《古帖山水合卷》、《米芾佛家语卷》、《书赵孟頫诗帖》等。王铎临帖之多、之广、持续时间之长实属罕见。他在临习的过程中对古帖始终有一种敬畏之情，"书古帖，瞻彼在前，瞠乎自惕。譬如登霍华，自觉力有不逮，假年苦学，或有进步耳。"(《琅华馆仿古帖跋》)只有当你仰视古帖的价值，深感自己的不足，虚下心来，经过不断地努力，才会有进步。倪元璐为王铎的"奥"作了注解："诗特奇削，书法遒古。"[⑤]

(三)"创"——超凡脱俗的创新精神

王铎"遒古"有两句话：一是"不离古"，二是"不泥古"；"不离古"产生了"奥"，"不泥古"就有了"创"。完整的一句话就是在传统的基础上进行创新。

上文对《木栾店》《五十》(一、二)三首诗和书作的解读和分析，足见其"诗特奇削，书法遒古"的特征。类似的作品在《王铎诗文残稿》一书中不胜枚举。这里着重谈一下"书法遒古"而"不泥古"，即"创"的问题。姚建杭在《王铎书法类编》序言中的评价是到位的，他认为王铎"执着多年的'皆本古人'，在巨大的心理压力和复杂的情感自责中，反而积耻沈(沉)潜，郁悒成章，自此王铎有了突破性的创格，即傅山所说：'四十以后，无意合拍，遂能大家。'所以煊赫古今，自成一家，绝不寄篱于右军，王铎终于临古出古，超越自己，胆大妄为，独辟新界。他深入秦汉篆隶之法，将'二王'行草体系发挥成雄强恣肆、酣畅淋漓、闳中肆外的大气魄，既忠于传统，又匠心独运，于蚕丛鸟道中另辟生面，足以让后世学者心旌神摇。"他岂止是"深入秦汉篆隶"，他庆幸生活在一个给他带来无穷灾难而又即将结束的封建王朝，正是这黑暗与光明交织的时代成就了王铎，他有机会通览、临习各个时代大家的作品，加之自身的勤勉奋进，又有悟性，最终的成就是必然的。我们将王羲之的《兰亭序》和王铎临习的《兰亭序》加以比较，就能清楚地看出它们之间的继承关系和发展。至于王羲之的《兰亭序》和王铎临习的《兰亭序》在历史上的地位是不能同日而语的：前者具有开创的意义，它是奠基者，永远是第一位的；后者是继承和发展，对前者的超越也是必然的。笔者选了不同时期王铎临习的两幅《兰亭序》作品，与王羲之的《兰亭序》加以比较，作一个不很恰当的比喻，王羲之的《兰亭序》犹如美丽如花的少女，而王铎三十多岁临习的《兰亭序》(图4)恰如血气方刚的少年，而四十多岁临习的《兰亭序》(图5)确如成熟坚强的青年。王羲之的《兰亭序》(图6)，元郭天锡跋此帖很恰当："书法秀逸，墨彩艳法，奇丽超绝，动心骇目，毫芒转折，纤微备尽。"而王铎得益于那个时代，前贤为他提供了丰富的资源，他的两幅作品从不同的角度发展了原作的特征。

　　第一幅作品创作时的情景与王羲之当时的情景相似，王铎冬日"偶访蜀亭老先生，烹鱼酒快谈，拈得花绢，辄书卒章"(《临兰亭序并律诗帖》)。这种快适逸悦之感，近于"一觞一咏"的东晋气派，其笔法、气度，最近于《定武本兰亭序》的神韵，但是在行云流水、潇洒飘逸中，骨格的清秀与坚挺共存，点画的流畅与涨墨互用，使疏密相间中增强了节奏感，章法布白更为精妙。第二幅作品是一幅极为成熟的作品，明显有扎实的唐楷功底，特别是颜、柳的笔法，同时对米芾的痴迷，"直窥二王堂奥"。他说："米芾书本羲、献，纵横飘忽，飞仙哉！深得《兰亭》法，不规规摹拟，予为焚香寝卧其下。"(《跋米芾吴江舟中诗卷》)米芾使他打开了二王宝库的新天地，他在府内看到了米芾真迹千余件，他说，米芾"字洒落自得，解脱二王，庄周梦中，不知孰是真蝶，玩之令人醉心如此！"(《跋米元章告梦山帖》)王铎已经把米芾摆在了与二王同等的位置，"从米芾直窥二王堂奥。这不是二王的形、二王的神，而是二王的创造精神。可以毫不夸张地说，晋以后，理解二王的价值和创造精神，其作品又直接二王渊源的，不是虞，不是褚，而是米芾；米芾以后，不是赵，不是董，而是王铎。"⑥从这幅作品中我们明白了，同样的文字从飘逸清秀的神韵转化成恣肆雄强的气度所需要的条件：魏晋的韵致、唐楷的法度、明清的意态，这是"五十自化"必备的基础。那种认为不会楷书可以直逼狂草的论调，就如同不会站立就要跑步一样可笑。狂草还需要条件，时代的变化、环境的影响，特别是心灵的提升，都是狂草产生的催化剂。王铎应该庆幸那悲凉的世界使他从极度痛苦的心灵挣扎中摆脱出来，艺术成就了他的辉煌，完成了从生活的痛感转化为艺术的美感的过程。王铎的狂草是超越前辈的，他的杜甫诗系列极具震撼力。他在《杜甫凤林戈未息诗卷》(图7)中写道："用张芝、柳、虞草法，拓而为大，非怀素恶札一路，观者谛辨之，勿忽。"王铎的这番说明和提示，强调"拓而为大"的作用，实际就是创新，这里虽然对怀素有所贬义，但是他强调的是不能把一般信札的狂草与扩大到几十倍的狂草相提并论，他提醒"观者谛辨之，勿忽。"这幅作品，一气呵成，笔力苍劲，纵敛自如，墨竭而势不尽，笔枯而力无穷；勾环盘行中见豪放，点画狼藉中见凝重，结体奇崛，疏密有度，飞动震荡，气势夺魂。

　　王铎的诗与书给予我们这样的启示：书要有诗人的情怀，要有历史传承的深度和社会阅历的广度，要不断地磨砺、探索、追求、创新，只有做强自己，才能超越古人。

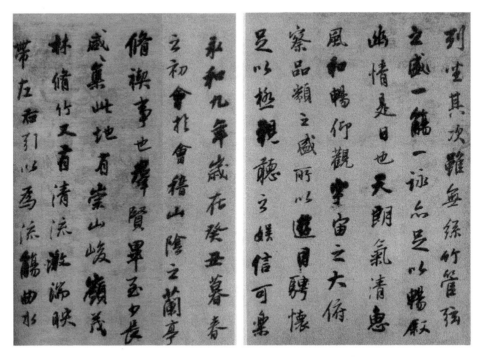

图4　王铎三十四岁《临兰亭序并律诗帖》(局部)

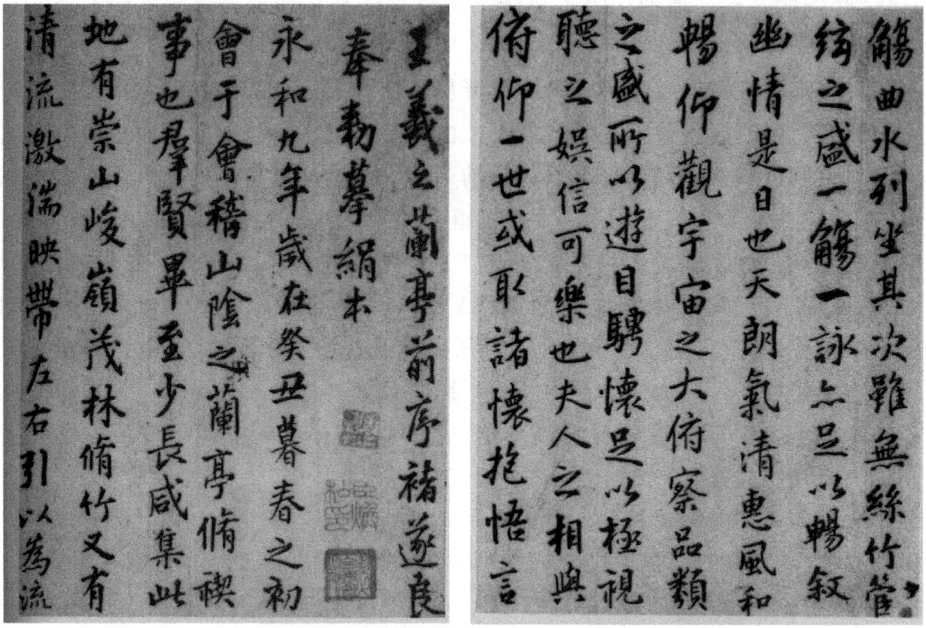

鵤曲水列坐其次雖無絲竹管
絃之盛一觴一詠亦足以暢叙
幽情是日也天朗氣清惠風和
暢仰觀宇宙之大俯察品類
之盛所以遊目騁懷足以極視
聽之娛信可樂也夫人之相與
俯仰一世或取諸懷抱悟言

王羲之蘭亭前序褚遂良
奉勅摹絹本
永和九年歲在癸丑暮春之初
會于會稽山陰之蘭亭脩禊
事也羣賢畢至少長咸集此
地有崇山峻嶺茂林脩竹又有
清流激湍映帶左右引以為流

图5　王铎四十四岁《临兰亭序》(局部)

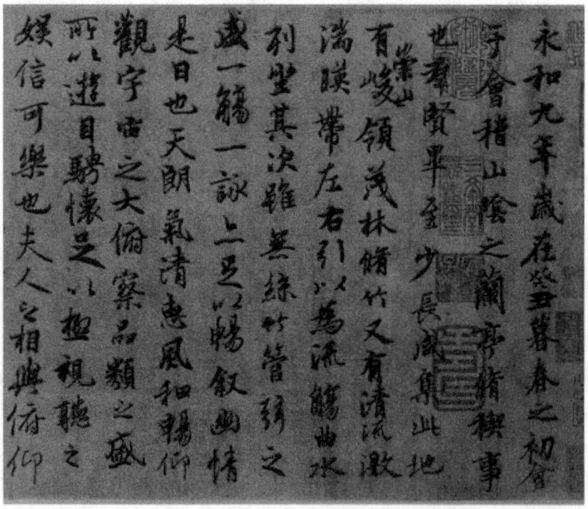

永和九年歲在癸暮春之初會
于會稽山陰之蘭亭脩禊事
也羣賢畢至少長咸集此地
有峻領茂林脩竹又有清流激
湍暎帶左右引以為流觴曲水
列坐其次雖無絲竹管絃之
盛一觴一詠亦足以暢叙幽情
是日也天朗氣清惠風和暢仰
觀宇宙之大俯察品類之盛
所以遊目騁懷足以極視聽之
娛信可樂也夫人之相與俯仰

图6　王羲之《兰亭序》(局部)

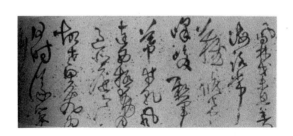

图7 王铎《杜甫凤林戈未息诗卷》

释文：凤林戈未息，鱼海路常难。候鸟云峰峻，悬军幕井乾。风连西极动，月过北庭寒。故老思飞将，何时议筑坛。（丙戌三月初五二更，带酒微醺，不能醉。书于北都琅华馆，用张芝、柳、虞草法，拓而为大，非怀素恶札一路，观者谛辨之，勿忽。孟津王铎。）

注释：

①③⑤白一瑾：《论王铎诗歌的美学取向》，山西大学学报（哲学社会科学版），2011年，第3期。

②曹利华：《美学基础理论》，首都师范大学出版社，1992年，第168页。

④朱仁夫：《中国古代书法史》，北京大学出版社，1992年，第465—466页。

⑥刘正成：《中国书法全集·王铎书法评传》，1991年，第10页。

论王铎

——试论"后王胜前王"

"前王"指王羲之，"后王"指王铎，"后王胜前王"，虽然书法史上有这个说法，但是却很少有人提及，甚至有些忌讳，生怕触犯了"二王"这个宝座，因为这是皇帝竖起来的。但是历史是向前发展的，特别是经过了上千年的发展（王羲之，303—361；王铎，1592—1652，前后相差1291年），如果没有一个从"量"到"质"的变化，那倒是一件怪事。"皇帝神圣不可侵犯"这个古训对我们的影响实在是太大了，但是历史的发展是不以个人的意志为转移的。

笔者这里完全没有想颠覆"二王"的用意，"二王"也是颠覆不了的，即便之后碑学体系的出现，"二王"的主流地位也是无法动摇的，王铎出现的本身也说明了这个问题，没有"二王"也就没有王铎。那么，王铎是如何发展"二王"而又超越"二王"的呢？

(一)书法技法的成熟化

书法技法，是指文字与书法的关系，是要回答文字是如何演变成书法的？实用文字是如何演变成鉴赏艺术的？这里要讲书法形式与内容的第一层关系。笔者在《书法与书法美学》一文中谈的就是这个问题：

> 汉字的演变和发展决定了书法的本质特性：从形象走向抽象（线条）。熟悉书法史的是不难理解这个特性的，这里我们作简要的论述，突出它是如何抽象化（线条化）的。
>
> 中国文字的发展大体可以分为四个阶段：甲骨文和金文、大篆和小篆、隶书和草书、楷书和行书。汉字的演变过程，是一个由形象到抽象的过程，是一个类似图画组合向线条组合的变化过程。甲骨文到金文是形象性逐渐丰富的阶段。这一方面是由于契刻工具和文字载体的变化，另一方面是由于人类科学文化和审美意识的增强。笔道的美化为汉字走向高层次

的抽象积淀了内在和外在的文化和艺术因素。

金文到大篆和小篆，字体从物象再现的形象美转化为线条均衡美。这是因为文字的发展首先服从使用的需要，在适合的基础上逐渐衍化出便捷的形式美，因此小篆又进一步改变了大篆繁复的缺点，把复杂的结构简便化，体现出线条的抽象性、超越性、流动性和连续性，具有高度的自由感和韵律感。小篆使汉字的线条变得抽象和纯净，但是小篆笔道还多是圆转弯曲，对称的弧形，没有提按顿挫的变化，因此书法线条的美尚未充分表现出来。

书法的线条美要经过一个充分笔画化的过程，即变成点、横、竖、撇、捺、勾，在提按顿挫中体现出力度和波势，这个过程经过了隶书和草书这两个阶段。隶书把弯曲的线条变成平直的笔画，这既便于书写，又使线条变得丰富和美观，从此汉字的形体结构基本固定了下来。"八法起于隶字开始"（张怀瓘《用笔法》），使汉字进入一个新的历史发展阶段，基本完成了从形象向抽象（线条）的转化过程。当然隶书还保留着"蚕头雁尾"这样的形象特征，直到简化的草书的出现，使线条彻底笔画化了，章草还有一点"燕尾"，今草就没有任何形象特征了。鲁迅在《门外交谈》中说："将形象改得简单，远离了写实。篆字圆折，还有图画的余痕，从隶书到现代的楷书，和形象就天差地远。"

王羲之的伟大之处，就在于他是完整地、系统地将实用文字转化为书法艺术的第一人。他兼善隶、草、楷、行各体，精研体势，心摹手追，博采众长，冶于一炉，摆脱了汉魏笔风，自成一家。他不仅在实践上构建了书法创作的系统，比如笔法的完整性（起笔收笔的法则、提按的变化、方圆的转换、涩润的交替、行笔的迟速，等等）、结构的丰富性（奇正相协、疏密停匀、虚实相间、宾主相顾，等等）、神韵的审美性（如曹植《洛神赋》所云："翩若惊鸿，婉若游龙，荣曜秋菊，华茂春松。仿佛若轻云之蔽日，飘飘兮若流风之回雪"），而且在理论上勾勒出书法美学的纲领：比如《自论书》以"意"论书"顷得书，意转深，点画之间皆有意，自有言所不尽。"这是魏晋美学思想的重要特征；《题卫夫人〈笔阵图〉后》用"心意"统帅"本领"，提出了艺术构思的高下，决定了艺术技巧的优劣的重要思想；《书论》提出"不贵平整安稳"，对文字与书法的特征作了重要的区分；《笔势论》进一步分清了文字与书法的不同结构，"夫学书作字之体，须遵正法。字之形势不得上宽下窄；不宜伤密，密则似疴瘵缠身；复不宜伤疏，疏则似溺水之禽。不宜伤长，长则似死蛇挂树；不宜伤短，短则似踏死蛤蟆。此乃大忌，可不慎欤！"王羲之书圣地位的确立，有其发展的历史过程。其实，南朝梁陶弘景在《与梁武帝论书启》中曾说："比世皆尚子敬书"，"海内非惟不复知有元常，于逸少亦然"，当时的书学位次是"王献之—王羲之—钟繇"。而王羲之书圣地位的真正确立应该是在唐代，唐太宗亲自为王羲之写传起了决定性作用，他总结了唐之前的书法史，在《王羲之传赞》中说："观其点曳之工，裁成之妙，烟霏露结，状若断而还连。凤翥龙蟠，势如斜而反直，玩之不觉为倦，览之莫识其端，心幕手追，此人而已。其余区区之类，何足论哉！"从当时的情况来说，这样的评介是正确的。唐及其之后的书法发展，基本按照"二王"，即王羲之的内敛特征和王献之的外拓特征向前发展，形成了蔚为壮观的优美和壮美两大书法系统。而在这个发展进程中具有突破性成就的当属颜真卿和王铎。颜真卿是对王羲之内敛特性的突破，他的《祭侄稿》被誉为"天下第二行书"，前者为极喜之作，后者为极悲之作，元代鲜于枢说："哀乐虽异，其至一也"。今人郭子绪作了这样的评价："'天下第一行书'已被王羲之《兰亭序》率先占有，故此作不得不屈居第二位。其实，《祭侄稿》当为天下第一行书。《祭侄稿》是无法之法，直抒胸臆，无比真率的天然美的典范，而《兰亭序》虽也无上高美，但毕竟是人工美多于天然美。"

　　而王铎则是对"二王"内敛和外拓相融的突破。王铎是书法史上一座难以企及的高峰，他坚守"二王"而又超越"二王"。他不仅五体皆佳，而且笔法的多样性和形态的丰富性，让人望而却步。他对古代的继承是全方位且又深入持久的。有不少学习"二王"者，实际只学习王羲之，而抛弃了王献之，殊不知从王羲之到王献之，是书法史上完成了从今草到狂草的第一次飞跃，抛弃了王献之，无疑在笔法上就留有遗憾。在王铎的作品中，我们不仅看到他重复临写王羲之的《兰亭序》，而且临写众多王羲之的其他作品，如《不审》《清和帖》《小园子帖》《丘令帖》《伏想清和帖》《劳人帖》《多日不知问帖》，等等；他不仅深入持久地临写王羲之的作品，而且对临写王献之的作品也情有独钟，如《临王献之敬祖鄱阳帖》《庚寅王献之帖轴》《临王献之省前书帖轴》《临王献之忽动帖轴》《豹奴帖》，等等。在临写晋代"二王"之外，他还临写晋代其他名作，如《谢安帖轴》《王涣之帖轴》《晋谢庄书》，等等。而对历代的优秀作品更是临习不辍，如拟汉张芝帖、梁代《王筠帖》、南朝《临王僧虔帖轴》。特别是对唐代名家的作品尤为重视，在顺治朝六七年间多次临柳公权，如《丙戌临柳公权》《丁亥临柳公权帖》，还临写了《褚遂良帖轴》《怀素草书帖》等法帖。更为值得关注的是他对米芾的推崇，在《跋米芾吴江舟中诗卷》中他说："米芾书本羲、献，纵横飘忽，飞仙哉！深得《兰亭》法，不规规摹拟，予为焚香寝卧其下。"在《跋米元章告梦帖》中他又说："(米芾)字洒落自得，解脱二王，不知孰是真蝶，玩之令人醉心如此！"刘正成有一段评介是恰当的："'孰是真蝶'——王铎已经把米芾摆在与二王同等的位置了。甚至可以说，他已扫开了唐人的牢笼，从米芾直窥二王堂奥。这不是二王的形、二王的神，而是二王的创造精神，其作品又直接二王渊源的，不是虞，不是褚'而首推米芾；不是赵，不是董，而是王铎。"①从这里我们找到了王铎五体皆佳的根据，而且也看到了形态丰富的脉络。他的书法之所以能达到如此的高度，来源于他能终身临帖；他之所以能坚持终身临帖，又来源于他对书法的深刻认识以及对时弊的剖析。在临《淳化阁帖第五·古法帖》后，王铎有这样一段话："书法贵得古人结构。近观学书者，动效时流。古难今易，古深奥奇变，今嫩弱俗雅，易学故也。呜呼！诗与古文皆然，宁独字法也。"在《琅华馆帖册跋》中他又说："书不师古，便落野俗一路，如作诗文，有法而后合。所谓不以六律，不能正五音也。如琴棋之有谱。然观诗之《风》、《雅》、《颂》，文之夏、商、周、秦、汉，亦可知矣。故善师古者不离古、不泥古。必置古不言者，不过文其不学耳。"王铎的书法，是从二王、颜、柳、旭、素、米、黄诸家提炼而成，并拓展和丰富了书法的技法，其风格融入了前人的多种风格，追求古典的书法精神，又不断推陈出新。他尊羲献、溯篆棣、取唐宋，将各代书法精华纳入其中。同时在用墨方面也突破了前人，成功地使用涨墨法，这就更增加了书法作品的神采，而自成一家。他以骨力洞达、流动多姿、变幻无穷而驾御书法的结构和用笔，使书法作品产生出强烈的运动感和迸发力，达到了前无古人的字法造势特征。

(二)书法艺术的完善化

所谓书法艺术的完善化，是指书法不仅要在文字与技法，即第一层形式与内容上达到统一，而且要在技法与书写内容，即第二层形式与内容上达到统一，这才能称之为书法艺术的完善化。这就是哲学上所谓的外形式与内形式的统一问题。这对认清书法艺术的本质特征以及区别一般书法与经典书法都极为重要。笔者在《书法与文化——与沈鹏先生商榷》和《认定书法"纯形式"的性质，不妥！——与沈鹏先生再商榷》两篇文章中都谈到了这个问题。

沈先生反复强调书法"跟那个文字叙述的内容没关系"，他在《书法，在比较中索解》一文中说得更直白："书法的形式可说即书法的全部"，"把书法'素

123

材'当作书法艺术的'内容',在理论上是悖谬的,在实践上无益。""书法艺术同样不能给人知识。书法纯粹抛开知识内容。"笔者曾写过一篇长文《书法与文化》刊登在 2009 年 8 月 29 日的博客上,对沈先生的观点提出了商榷意见。其实沈先生也回避不了这样的事实:"我们阅读《祭侄稿》受到深度感染,文词的表意作用与书法的形式美感在欣赏过程中都获得共鸣。"但是他强调的仍然是去文词化。文章开头笔者就说了书法内容与形式的多重性的问题:书法的浅层次是文字(形式)与技法(内容,即内形式)的统一,书法的高层次就是技法(形式,即内形式)与文词(内容)的统一。我们可以看一下,古今一流的经典书法作品,几乎都是第二层次上的作品,多数为自写诗文,至少是转写诗文,《兰亭序》(王羲之)、《祭侄稿》(颜真卿)、《自叙帖》(怀素)、《蜀素帖》(米芾)、《黄州寒食诗》(苏轼)、《玄都坛歌》(赵孟頫)、《牡丹赋》(祝允明)、《夜雨剪春韭诗轴》(徐渭)、《石湖诗轴》(王铎),以及现代的于右任、林散之、白焦、毛泽东、启功等书法大师的诗文,都说明经典的书法作品与诗文的内容是密切相关的。

只要对比一下王羲之和王铎就清楚了。如果我们问最能体现王羲之技法的作品是什么,多数人会说是《十七帖》;如果我们问王羲之的代表作是什么?那肯定都说是《兰亭序》。为什么会这样?答案很简单,前者《十七帖》是王羲之晚年的作品,从技法的层面来说,它是最完善、最成熟的,但是书写的内容却是日常生活琐事,其文辞内容对技法(内形式)的反作用相对要小得多,因此其价值远远在《兰亭序》之下;而后者《兰亭序》被称为"中国第一行书",它虽然写在《十七帖》之前,但是它却是文字与技法、技法与文辞双重形式与内容统一的结果,后者的高度统一甚至将前者的个别瑕疵(涂改)的丑转化为美(心灵自由的表达)。这说明书法第二层次上的形式与内容上的统一是何等的重要。王羲之除了《兰亭序》之外,其他作品大都属于第一层次形式与内容的统一。而王铎却不同,他这种双重形式与内容相统一的作品,不是个别的,除了临帖之外(即便临帖有时也会附以诗文,如《临兰亭序并律诗帖》)。他的有代表性的作品几乎都是自作诗文,在刘正成主编的《中国书法全集》(61、62 王铎)就收录了近百首(临写作品近 40 首);新近出版的《王铎诗文残稿》收录了 136 首。据不完全统计,他一生的诗词作品高达一万五千余首。正是由于王铎丰富、复杂的"诗情",加之纯熟、全面的技法,使他的书法形态和风格出现了前所未有的"画意"。

王铎晚年的命运是凄凉寂寞的,作为明朝的亡国遗老,他得不到清朝统治者的重用。降清后,他的生活态度发生截然变化。同样降清的好友钱谦益在为他作的《墓志铭》中,隐晦而疑惑地写道:"既入北廷,颓然自放,粉黛横陈,二八递代。按旧曲，度新歌，宵旦不分，悲欢间作。为叔孙昭子耶？为魏公子无忌耶？公心口自知之，子弟不敢以间请也。"这种复杂意绪成就了他晚年诗文书法幽冷荒寒之美，"梦里山泉双落泪，夜中风雨一灯寒"（《登望感心山庄》）。王铎作于其降清后不到一年的行书《林屋荒城八言联》"林屋暮烟樵归路远，荒城落日宦冷怀高"，无论是文词内容，还是书法风格，都典型地体现了这种幽冷荒寒之美。在这类作品中，王铎采取行气的散乱断裂、文辞古奥、篆隶字体楷化等手法营造了一种失语、错愕、顿挫、幽僻的荒寒气氛。颓放亢厉构成了王铎这个时期的书法特点，这种用笔、结字、章法既是一种宣泄，也是一种自虐，也只有在这种长枪大戟的挥运中才能获得某种心理平衡（参见孟庆星《王铎与"京师三大家"书法群体》）。书法这门艺术的特性决定书法内容与形式的不可分割性，书法以字为基础，字由形、声、义构成，书法的"深度感染"、书法的"情性"从何而来？首先当然是生活，由此就要用文词来表达（不像绘画可以用图像、形象来表达），以诗文，或借用别人的诗文来表达，没有诗文，不顾诗文，书法如何创作？"情性"落实到何处？王铎由明朝旧臣变为清廷新贵，在以气节自持的明代遗民眼中是被鄙夷的贰臣，因此，他始终抑郁不乐。入清之后，王铎做了八年的官，于顺治九年病逝故里。乾隆帝时，朝廷借敕编《四库全书》之际，查毁了王铎的全部书刊，并将王铎列入《贰臣传》。这一段历史可以毁灭一个人，也可以成就一个人。笔者想到了西方的那段历史：德国资产阶级的软弱性，使他们不敢直接面对现实，参与斗争！而是如恩格斯所说，他们"把一切都归结为从现实逃向观念的领域"，[②]"这个时代在政治和社会方面是可耻的，但是在德国文学方面却是伟大的。1750年左右，德国所有的伟大思想家：诗人歌德和席勒、哲学家康德和费希特都诞生了；过了不到二十年，最近的一个伟大的德国形而上学哲学家黑格尔诞生了。这个时代的每一部杰作都渗透了反抗当时整个德国社会叛逆的精神。"[③]王铎的一生跨越了明、清两个时代，而此时中国正处于一个浑噩、迷茫的历史时期，其间忠臣良将纷纷陨落（一代名臣张居正、模范官僚海瑞、名将戚继光、末世道统的批判者李贽等相继去世），这使这段黑暗的时代见不到一丝光明，可以说王铎的出生与成长都是在一个极为悲惨的时代。王铎受明末个性解放思潮的影响，还在年青时期就表现出惊世骇俗的审美观，表现出最具个性、独树一帜的艺术观，在那万马齐暗的时期，他却响亮地提出："独宗羲献"。

王铎得力于钟繇、王羲之、王献之、颜真卿、米芾等各家，展现出其坚实的"学古"功底，学古且能自出胸臆，梁巘评其"书得执笔法，学米南宫之苍老劲健，全以力胜"。姜绍书《无声诗史》称其"行草书宗山阴父子(王羲之、王献之)，正书出钟元常，虽模范钟王，亦能自出胸臆"。他稍早的作品《王铎行草五言律诗轴》(约为四十五岁所作)，已显现出诗镜苍凉沉郁、字势纵横捭阖的特点。青年时代的王铎受时代思潮的影响，很早就有了反叛的奇倔胸怀，在他的《文丹》中，集中表露了他惊世骇俗的审美观。他的行草书，恣肆狂野，挥洒自如，用笔沉着痛快，纵横跌宕，自然出奇，表现了撼人心魄的雄浑气势，极富感染力。马宗霍称"明人草，无不纵笔以取势者，觉斯则拟而能敛，故不极势而势如不尽，非力有余者未易语此。"林散之称其草书为"自唐怀素后第一人"并不为过。由于王铎既把握了王羲之"内敛"的法度，又熟知王献之"外拓"的规律，因此他能从张芝、张旭、怀素、黄山谷直到徐渭，在草书的发展一放再放、抒泄无遗的境况下，成功地阻遏住这种一发不可收拾的洪流。他用冷静的理性把这匹脱缰的野马笼住，纵横取势，变化多姿，不落俗套，出新意于法度之中，收奇效于意想之外。王铎的草书下功夫最深，成就也最高。他曾曰："凡作草书，须有登吾嵩山绝顶之意。"他在笔墨上的创新也是具有开拓性的，他的线条遒劲苍老，含蓄多变，于不经意的飞腾跳掷中表现出特殊个性，时而以浓、淡甚至宿墨，大胆制造线条与块面的强烈对比，形成一种强烈的节奏，不能不说他这有意无意之中的创举是对书法形式夸张对比的一大功绩。在他以前，还没有人能像他那样主动地追求"涨墨"效果。戴明皋在《王铎草书诗卷跋》中说："元章(米芾)狂草尤讲法，觉斯则全讲势，魏晋之风轨扫地矣，然风樯阵马，殊快人意，魄力之大，非赵、董辈所能及也。"

从王羲之到王铎，犹如一位博友所言是"流熟之美到生涩之美的过渡"，这就是从优美发展到崇高，是和谐之美转变为悲壮之美，美的形态发生了根本性的变化。人类社会正是在这两种美的形态的交互转换中得以向前发展的。

(三)书法绘画的一体化

由北京故宫博物院杨新先生任主编，单国强先生任副主编的《王铎书画全集·王铎绘画珍品》选编明末清初著名书画家王铎山水画作品28幅(其中包括重要巨幅立轴精品6幅，精致扇面13幅)，花鸟画(2米左右)14幅(包括6个长卷，其中《枯兰复花图》竟达10米之多)。一些长卷按比例排版不得不分为多个画面，最多的有18个画面，再加上一些精彩的局部，整本画册可达85个画面。

王铎博学好古，工诗书，亦擅画。他巧妙地将书法的用笔引入绘画，笔中精神既有秦汉风骨，又有唐人法度。这种"劲力取势"的用笔法，将"内敛"与"外拓"相融合，使笔法略带篆隶和楷书凝重感的同时，又具有流动、奔放的活力，这种欲行且止，欲至又行的笔墨，使他的绘画别具风格，耐人寻味。他的山水宗荆（浩）、关（仝），丘壑伟俊，皴擦不多，以晕染作气，傅以淡色，沉沉丰蕴，意趣自别。山水花木竹石，皆用书中关纽，间作兰、竹、梅、石，洒然有物外趣。他说："以境界奇创，然后生以气晕，乃为胜，可奈造化。"王铎学习古人绘画的精神如同他对书法"独宗羲献"一样，直到他的晚年，画风已自成一格，最终都没有离开对传统的继承。如现存《设色山水图册》是顺治七年（1650）王铎五十九岁时画给契友程放的，极具画史所述的若干特点，全册共 6幅，每册均取一角之景作高远、平远、深远的布局，山川之中点缀屋宇、板桥、山径、舟船和人物活动景致，可居、可游比较写实，山石方峻坚实，林木繁茂，物象描绘呈伟峻势态，景物体态完全是一派荆、关北方山水的遗韵，其画法勾皴相间、皴染兼备，所勾线条短促粗劲，皴法变化多端，长、短披麻皴、折带皴、荷叶皴、点子皴相间，所画树叶却是点染结合，设色则是在赭石淡墨中间浅施石绿、石青，于清淡中表现出悠远明丽，其所用笔墨则多是董、巨一派南宗山水的气象了。

王铎一生为官，但甚不得志，多不顺心。遂以书画寄托情志，排遣胸中积闷与烦恼。"精心翰墨，以远尘事，诚快快也"的画跋，足以体现出他的胸臆。王铎的艺术生涯，是在明末清初那个政局变幻动荡，处境起落颠簸的特殊而复杂的年代里度过的。然而，那个年代却出现了书法、绘画等艺术门类的鼎盛与辉煌，造就了一代大师与活跃在各地的诸多流派，王铎即是其中之佼佼者。王铎倾心绘事，是出于自身怡情养性的需要，绝不为世俗而劳神。他的画以自娱为宗旨，具有浓郁的文人画意趣。他晚年的《松荫行》《游归图》表现了他悲凉的心境，他在 1652 年所画的《仿王维雪山图》接近宋人的雪景寒林，少唐人古拙味，然萧寒凛冽的境界，深得王维雪景之神。他的画清新自然，表现了退隐田园的思想，这些正好和王铎当时的心境相吻合。

王铎具有较高的文化素质，又有强烈的平民意识。复杂的多重性格，与介乎"入世"和"出世"二者之间的矛盾心理，使他在绘画中增添了几分冲淡平和的禅意，使他的山水画在雄浑质朴中增添了几分超逸和放纵。正由于此，他的绘画也像他的书法一样，具有独特的审美趣味。《枯兰复花图卷》是王铎在顺治六年己丑（1649）完成的，该画画面所绘物象，除枯兰复花外还有其他如野菊、枸杞、翠竹、荆棘等草木。全卷营造出繁茂昌盛的景象，同时烘托出兰异于众卉的那种优雅韵姿，构思颇具匠心，画法多书法笔意，信手挥洒，转折、向背、枯湿、浓淡无不得心应手，抑扬顿挫，简易洒脱，所用书之"写"法，使笔下兰花极富飘逸、生动气息。可见他画面中的那种浑厚雄劲，既是他心灵的真实写照，也是他书画融为一体的高超技法的显现。①

王铎的书法以神笔鸣世，其绘画传世甚少，绘画风格继承五代荆关一路。《清代七百名人传》记载"画山水荆全，邱壑伟峻，皴擦不多，以晕染作气，傅以淡色，沉沉丰蔚，意趣自别。"王铎的山水画用笔仿荆浩、关全，却抛弃了五代喜欢作长幅巨障、大山大水的气势，多作书斋山水，这想必和他早年忙于仕途，无暇游山玩水有莫大的关系。王铎的绘画理念和他晚年的精神状态是一致的，以恬静淡远为怀，痴迷于书法绘画，但求案牍之劳形。在绘画上他的理念十分鲜明，他说："画寂寂无余情，如倪云林一派，虽有淡致不免枯干框赢，病夫奄奄之息，即谓之轻秀，薄弱甚矣，大家弗然。"这些论调与他在书法中追求气势与造型的奇幻有异曲同工之妙。《秋山寒鸦图》，此帧山水，秀美高雅，用笔清丽绵密。巉岩高松，十里长亭，充满苍秀清新之气。此画是王铎送给同僚友人宋权的佳作，宋权何许人也？宋权（生年不详—1652），字玄平，号平公、雨恭，并且与王铎有同样的"政治背景"。《清史·列传七十八》记载："宋权，纁族孙，字玄平，号雨恭。明天启进士，崇祯末为顺天巡抚，视事三日，京师为李自成所破，权率所部降清"。此画作于1646年，王铎55岁之时。这一年黄道周被俘殉明，对王铎影响很大，想必他和宋权都有些失落之感。从用笔和受赠者的身份都可以看出王铎之用心。

写意绘画对王铎书法"涨墨"的运用具有很大影响，书画的一体化在这里得到最生动的体现。艺术史上的写实与写意、真实与浪漫、继承与创新在王铎这里得到了有机的统一，这也是王铎对我们最深刻的启示。

（四）书法美学的深入化

王羲之在书法美学上的贡献上面已经提到，由于书法发展阶段的关系，他不可能提出超越时代的书法理论。而距王羲之一千二百多年的王铎，此时的书法已是根深蒂固、枝繁叶茂，这为书法美学的发展奠定了丰厚的基础。在书法美学方面，"后王胜前王"是历史的必然。他的书法美学思想包括在他的书画《题跋》和《文丹》中。《文丹》无疑受《文心雕龙》的影响，其中直接引用了不少《文心雕龙》的论述。"文"可以作"文章""文学""艺术""美"等多种解释；"丹"，直接的意思就是"丹青"，指"颜色""绘画""色彩""艺术"等。中国的艺术与西方的艺术有一个很大的不同点：中国的艺术是以"文"为中心，即以文字为中心，以线条为核心；西方艺术是以"画"为中心，即以绘画为中心，以块状（雕塑）为核心。所以"文丹"，就是西方的论艺术，直接的意思就是"文"的"色彩"，"文"的"艺术性"。

王铎的书论与他的创作一样，以继承为核心，创建出独具一格的崇高美学《文丹》，而又以书论的《题跋》作为实践的总结，二者互为支撑，有感而发，更为真实、深入。

王铎的崇高美学思想集中在如下一段论述中：

> 文，曰古、曰怪、曰幻、曰雅。古则苍石天色，割之鸿濛，特立巉礴，又有千年老苔，万年黑藤，蒙茸其上，自非几上时铜时甓（瓷），耳目近玩；怪则幽险狰狞，面如贝皮，眉如紫稜，口中吐火，身上缠蛇，力如金刚，声如彪虎，长刀大剑，擘山超海，飞沙走石，天旋地转，鞭雷电而骑雄龙，子美所谓"语不惊人死不休"、文公所谓"破鬼胆"是也；幻则仙经神箓，灵药还丹，无中忽有，死后忽活，九天不足为高，九地不足为渊，纳须弥于芥子，化寸草为金身，观音洞滨方为现像，倏而飞去，初非定质，令人如梦如醉，不可言说；雅则如周公制礼作乐，孔子删诗书成春秋，陶铸三才，提掇鬼神，经纪帝王，皆一本之乎常，归之乎正，不咤为悖戾，不嫌为怪异，却是喫饭穿衣，日用平等，极神奇正是极中庸也！

王铎从人类文明发展的高度来阐明中国艺术的本质特性："古"，对传统的继承。既然是历史，那就必然有人类开天辟地的一面（"割之鸿濛，特立巉礴"），又有难以梳理、易被遗忘的一面（"有千年老苔，万年黑藤，蒙茸其上"），但是人类的发展，是历史的延伸。王铎书法每一个阶段的发展，都离不开对传统的继承；"怪"，人类在抗争中创造美。崇高是什么？"怪则幽险狰狞，面如贝皮……"，康德说得好：崇高表现为"最粗野最无规则的杂乱和荒凉，只要它标志出体积和力量"，"先有一种生命力受到暂时的阻碍的感觉"，然后有一种"更强烈的生命力的洋溢迸发"，即从痛感上升到美感，人类社会的美不正是在优美与崇高的辩证统一中发展起来的吗？王铎的书法恰恰具有优美和崇高的二重性，其丰富和提升就在于此；"幻"，艺术创造中的幻想和灵感。"无中忽有，死后忽活，……如梦如醉，不可言说"，艺术源于生活又高于生活，就在于艺术家的"幻"，艺术家有无超越现实的想象力决定了艺术的成败、高低；"雅"，中国艺术发展的文化内涵。"雅"与"怪"是一对矛盾，是矛盾的两个方面："雅"是本质、是目的；"怪"是现象、是过程。王铎的书法将二王（羲"雅"、献"怪"）融于一身，又吸收了颜、柳、旭、素、米、黄诸家精华，最后形成了独具个性特色的内"雅"外"怪"的风格，达到了"极神奇正是极中庸也"的高度！

王铎的《文丹》是从社会发展的高度来论述中国艺术的本质，由此俯视书法的特性，对书法的力度、波势、神韵作了极为深刻的论述：

> 力度，"文要深心大力，如海中神鳖，载八纮，吸口日，侮星宿，嬉九垓，撞三山，踢四海。"书法的力度是"深心大力"，而不是蛮力，是"极不着力是极着力，极着力是极不着力。""以力不大，故可见极费力。文是斤两极轻，气力极小的，何则以举鼎故"。

> 波势，"文要在极狭窄处布局布势，使有余地。如高崖临万仞之谷，崖穷路断，却砌石为基，插架悬木，展拓于山壁之外，为院，为亭榭高台，使人登眺不穷，引瞩无限。此段景界，尤为奇旷。""文在圆逸处，如闲云来往，聚散不知其在虚空也；如落花淡荡，飘摇水上，不知其悠扬回旋也。文之体似散步散，似乱不乱，左之右之，颠之倒之，文之变，始出矣！"

> 神韵，"文贵韵、贵姿、贵秀、贵活、贵灵，此景惟处处描神始有之。肥钝填实，痴说直叙，隔去万里。""最好文心，独生于至静，耳目不外骛，用志不分，乃凝于神。故笔区云谲，文澜波诡。是故能生乎动。"

王铎的《题跋》着重阐述继承与创新的问题：

> "予书何足重，但从事此道数十年，皆本古人，不敢妄为。古书古帖，瞻彼在前，瞠乎自惕。譬如登霍华，自觉力有不逮，假年苦学，或有进步耳。他日当为亲家再书，以验所造如何。"

> "书不师古，便落野俗一路，如作诗文，有法而后合。所谓不以六律，不能正五音也。如琴棋之有谱。然观之《风》《雅》《颂》，文之夏、商、周、秦、汉，亦可知矣。古善师古者不离古、不泥古。必置古不言者，不过文其不学耳。"

其中《跋颜真卿争座位帖四则》《跋圣教序四则》《跋二王帖》《跋米芾吴江舟中诗卷》等，足见其对传统的尊重和学习。

注释：

①刘正成：《中国书法全集》(61)，荣宝斋，1993 年，第 10 页。

②马克思、恩格斯：《马克思恩格斯论艺术》(二)，人民文学出版社，1963 年，第 219 页。

③马克思、恩格斯：《马克思恩格斯论文学与艺术》(一)，人民文学出版社，1982 年，第 472—473 页。

④杜少虎：《王铎绘画浅识》，《洛阳师范学院学报》，2007 年第 6 期。

临王铎书法有感

明知临王铎书法必死无疑，但还是想临，出于羡慕与热爱。王铎书法最大的吸引力就在于一个"难"字：难得、难见、难临。但是越难，就越想看，越想学，越想写，学无止境的魅力就在于此。王铎书法难在哪里呢？至少有如下几点。

(一)力度超凡，筋骨相融

力度是书法的根基，如同站立是行走的基础一样，站不稳谈何行走，更无望跑步。书写之力，不是蛮力，而是稳健之力：稳者，不是失控的东倒西歪；健者，有板有眼地向前推进。力度，来源于对书写传统的掌控，王铎书法之所以力度超凡，就在于他终身临习不辍：唐法为其生命之本，晋韵为其展翅奋飞，宋意为其添枝加叶，明清为其安身立命。书法之力就是生命之力！骨力通达，绝非易事，没有时日的积累，没有持之以恒的磨练，要想获得书法的力度美几乎为零。书法要有力度已属不易，要想超凡就更难，要达到筋骨相融，就更是难上加难。当下能称得上是书法的，也多数属于有骨无筋者，或是有筋无骨者，而能真正达到筋骨相融的几乎凤毛麟角。传统学书，先柳后颜，有此基础，再学二王，或更古，然后向宋、元、明、清延伸，这样的学习过程是有其科学道理的。王铎的书法之所以能达到如此可望而不可及的高度，就在于他终身反复这样的过程。《王铎书法选》的序中有一段文字概括得很好："王铎的书法艺术，总的来说是宗二王的，但又博采众长，融于一体。分别来讲，隶书是学汉碑的，其大伾山摩崖，方丈之内置写了'鹭涛虎岫'四个八分书，气度恢弘，不可多得。大楷《善建城碑铭》，抑塞磊落之状，是出自颜鲁公。小楷《跋宋拓淳化》，格调古峭，风韵逼人，能打破有唐以来重重铁围，直追钟傅。行草取法山阴父子，继承清臣、诚悬遗意，又能入南宫之室，魄力雄迈，沉着痛快，纵横跌宕，自然出奇。虽说个体均有所本，但更可贵的是他能融会贯通，自成一家，所谓胸罗万斗，而能自出新意，力矫积习，而能独标风骨。"当然，他的人生经历和深厚的学识以及丰富的诗画修养都成为他内化于外的真正动力。有骨无筋，如同冰冷的钢条支架，没有柔韧度，转换生硬、死板；有筋无骨，如同缠绕的钢丝绳索，没有停歇，没有起伏。没有筋骨相融就无法产生节奏，节奏是在刚柔转换中形成的。在笔者临写王铎《题青阳山庄五律十首册》的过程中（图1），既感受到"唐法"的规范作用，又具有"晋韵"的潇洒自如，特别是在他的即兴咏怀诗作的书写中，所流露出的散淡、超脱正是宋至明清文人墨客的意趣、情怀："清虚观众木，朝夕对空山。"（其一）"入山兴已远，况在草堂中。"（其二）"逍遥轩冕外，山寂愈无声。"（其三）"溪深人不见，红树晚来幽。"（其四）等。五律十首，载《拟山园初集》五律卷十，题作《黄王屋太行青阳山筑西堂其中守汝南书来问诗欲刻山壁十首》。黄王屋大约同王铎在崇祯六年至七年的一段时间里，一起居官北京，后离京去汝南就任。青阳山或即太行山西麓，黄王屋筑《西堂》于此，特向王铎索书，欲以之刻石。此时正是王铎涉身政坛的前期，均以清流自居。其书法的总体风格恰恰表现出唐法的稳健、晋韵的洒脱以及宋之后波澜不惊的意趣，《题青阳山庄五律十首册》正是这个时期出现的具有这种风格的典型作品。

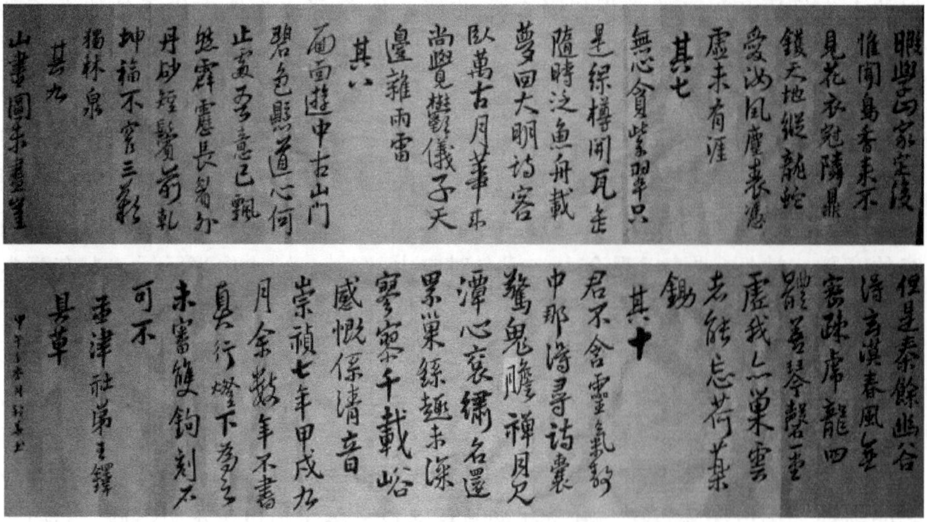

图 1 曹利华临王铎《题青阳山庄五律十首册》

释文：题青阳山庄五律十首，黄公王屋山庄奇峭幽邃，筑西堂题十首。经纶崇爵，人可及，青阳之意不可及矣。其一，往日京华内，曾谈绿水湾。清虚观众木，朝夕对空山。千祀无人往，百年几日闲。栖真离外事，谁与共追攀。其二，入山兴已远，况在草堂中。烟景浑无间，樵声何自通。仙书寻性命，石窒见鸿蒙。不比赤松诧，潇潇霞外风。其三，相与息群动，白云任意生。自然朝市味，不入野人情。光响泉明灭，楼飞鹤重轻。逍遥轩冕外，山寂愈无声。其四，溪深人不见，红树晚来幽。已效雌雄剑，还看字母牛。茶声蒸雪缕，岚气伏床流。别有冥冥契，何言十二楼。其五，来往初无事，不知芳草葳。狂时诸佛小，醉后数星稀。身世齐沤海，兵戈任铁衣。会心何处说，渊默自依依。其六，试思损益卦，谁暇学山家。定后惟闻鸟，香来不见花。衣冠邻鼎镬，天地纵龙蛇。爱汝风尘表，凭虚未有涯。其七，无心贪紫翠，只是绿樽开。瓦缶随时泛，渔舟载梦回。大明诗客卧，万古月华来。尚觉郁仪子，天边杂雨雷。其八，面面遶中古，山门碧色悬。道心何止处，吾意已飘然。霹雳长眉外，丹砂短鬓前。乾坤福不窄，三叹独林泉。其九，山书图未尽，岂但是秦余。幽谷得玄漠，春风无密疏。虎龙四体善，琴磬一堂虚。我亦巢云者，能忘荷药锄。其十，君不含灵气，静中那得寻。诗囊惊鬼胆，禅月见潭心。袞秀名还累，巢繇趣未深。寥寥千载峪，感慨系清音。崇祯七年甲戌九月，余数年不书真行，灯下为之，未审双钩刻石可不？（孟津社弟王铎具草）

(二)浓淡骤变，五色斑斓

书法主要是靠黑白两色的变化，白是纸，黑是墨，而白的变化也是靠黑的运作，五色是指黑白之间的不同层次，因此墨色的变化就成为书法的主要表现

134

手段。但是墨色的变化并非平白无故地产生，它要受人的思想、情感的支配。王铎的这幅《赠汤若望诗册》，墨色变化十分强烈，如果我们对王铎这段历史有所了解，我们就会明白王铎这时期的书法发展的内在因素。明崇祯十五年十一月，王铎结发35年的妻子马氏病故；明崇祯十六年，三妹和两幼子死于逃难途中。二月，李自成攻陷北京，形势危急，全家乘舟飘泊在丰、沛、清江浦一带。此时的王铎饱受国破家亡的痛苦，贫困潦倒。他在《赠汤若望诗册》的最后的跋中记道："月来病，力疾勉书，时绝粮，书数条，卖之得五斗粟。买墨，墨不嘉耳，奈何！"政治失意与生活飘泊的双重压力，使他陷入窘迫和无奈之中。但是他的内心却是热烈的、不屈的，他将自己的真实情感融入书画之中，他在《为啬道兄书诗跋》中这样说："每书当于谭兵说剑，时或不平感慨，十指下发出意气，辄有椎晋鄙之快。"在《赠汤若望诗册》中直抒胸怀："需时与尔探西极，浩浩昆仑未有涯。"(其一)"地折流沙繁品物，人穷星历涉波澜。"(其二)"茫茫四海欲安之，乡国哭歌正此时。"(其五)"幡然却悔从前误，夜夜神铃懒闭门。"(其六)"将来悦出人间世，笑弄若花看海潮。"(其八)从这里我们看到了心灵外化的动因。王铎书法用墨的魅力有两个明显的特点：一是浓淡骤变，二是五色斑斓。(图2)书法讲究浓淡、干湿、苍润，使墨色富有变化，通常我们

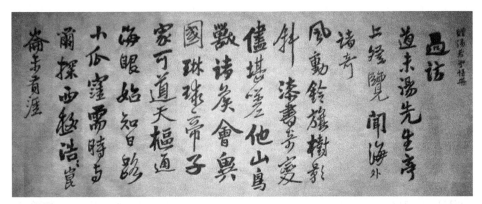

135

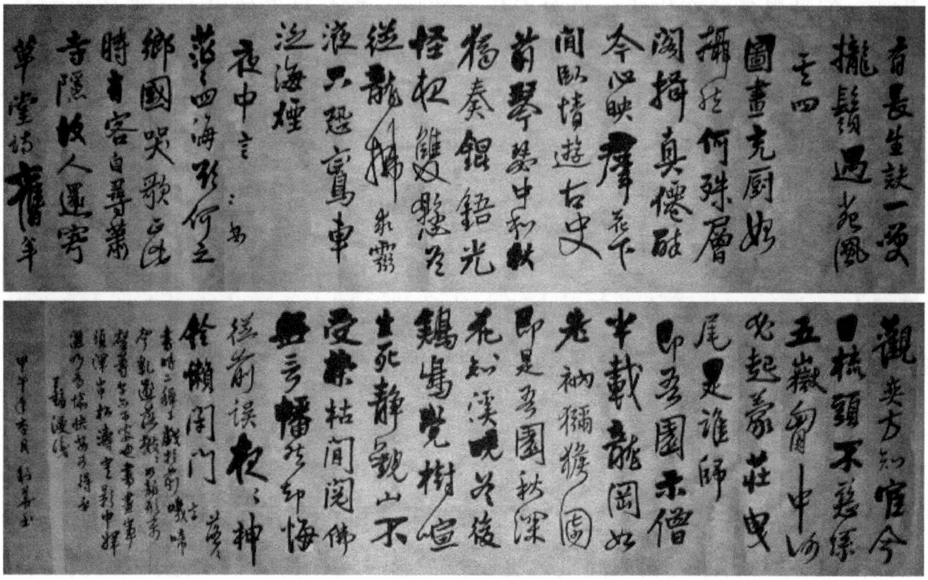

图2　临王铎《赠汤若望诗册》

释文：过访道未汤先生亭上登览闻海外诸奇。其中，风动铃旗树影斜，漆书奇变尽堪蹉。他山鸟兽诸侯会，异国琳球帝子家。可道天枢通海眼，始知日路小瓜窪。需时与尔探西极，浩浩昆仑未有涯。其二：殊方别自有烟峦，一叶馀艎世外观。地折流沙繁品物，人穷星历涉波澜。眉间药色三光纳，匣里龙鋆寒。好向桔官延受籙，知君定不悋琼丹。形、万二字落。其三，八万遐程燕蓟中，如云弟子问鸿蒙。惯除修蟒箐风息，屡缚雄鲔瘴雾空。灵药施时回物病，玉衡齐后代天工。幽房剩有长生诀，一笑拢须遇苑风。其四：图画充厨始摄然，何殊层阁揖真仙。醉吟心映群花下，闲卧情遊古史前。琴瑟中和秋独奏，锟铻光怪夜双悬。欲从龙拂求灵液，只恐鸾车泛海烟。夜中言：茫茫四海欲安之，乡国哭歌正此时。有客自寻萧寺隐，故人还寄草堂诗。旧年观弈方知宦，今日梳头不恶丝。五岳胸中何必起，蒙庄曳尾是谁师。即吾园示僧：半载龙冈如老衲，猕猴园即是吾园。秋深花知溪晚，冬后鸽鸣觉树喧。生死静观山不受，荣枯闲阅佛无言。幡然却悔从前误，夜夜神铃懒闭门。落落字：书时，二稚子戏于前，叫啼声乱，遂落数字（如）龙、形、万、鋆等字，亦可噱也。书画事，须深山中，松涛云影中挥洒，乃为愉快，安可得乎？王铎漫识。

只是注重蘸墨的多少，但是要达到"浓淡骤变""五色斑斓"的效果是不可能的，关键是要把握好墨量和水量的关系，使浓、淡、枯、润的变化自然而连贯。黄宾虹认为："古人墨法妙于用水。"《画谭》中说："墨法，在用水，以墨为形，水为气。气行，形乃活。"陈绎曾《翰林要诀》中指出："字生于墨，墨生于水，水者字之血也。水太渍则肉散，太燥则肉枯；墨太浓则肉滞，太淡则肉薄。"书法的点画是自然万象的物化，是抽象的物象，它同样要具有立体感、质感和空间感。因此，一幅书法作品中，墨色的干湿浓淡的运用也是同样重要的，和绘画一样，书法不但要求在整篇之中有墨色变化，而且要求一字之中，一画之内也要有墨色变化。书法作品中的枯润、飞白等变化，有着奇异的艺术效果，而作品内容的意蕴也会随之得以拓展。浓墨和淡墨，就是利用水和墨不同的比例以及在宣纸上的聚散速度、着色程度不同，使一个笔划、一个字或一幅作品中出现过渡自然、浓淡相间的墨意。王铎书法中的墨色效果，与他对绘画的擅长不无关系，他宗荆、关，丘壑峻伟，特别吸收董源和王维的画法，主要以晕染为主，皴擦不多，傅以淡色，沉沉丰蕴，这对他书法中的墨色运用有着深刻的影响。有人批评说手卷《赠汤若望诗》中的"有""日""荣"等字的涨墨，显得有些不畅和无奈。其实只要我们认真欣赏这幅作品还会发现不少问题：如"其二"跋中写道："形、万二字落"，"其四""秋深花知溪晚"句中落"落"字，王铎在这一则的跋中清楚地写道："落落字，书时，二稚子戏于前，叽啼声乱，遂落数字（如）龙、形、万、壑等字，亦可嗟也。书画事，须深山中，松涛云影中挥洒，乃为愉快，安可得乎？王铎漫识。"可见王铎当时书写时的环境和心情。他深知"书画事，须深山中，松涛云影中挥洒，乃为愉快"，但是他没有，"安可得乎？"而正是这种内心情感的高扬，使他突破了外在形式的均衡，即形式美的要求，从优美上升到壮美，即崇高。在当时的心境下，他不可能考虑到均衡地使用墨和水，而是凭借自己的经验，随心所欲，尽情挥洒。因此，整幅作品跌宕起伏，颇有韵味，真正是浓淡骤变，五色斑斓。有一段文字对王铎书法中的墨色变化作了生动的描述："王铎的墨色淋漓，大气磅礴，让人观之赞叹不已。在浓、淡、枯、润、涩之间变幻无穷，让人如入山阴道中，云蒸霞蔚，让人目不暇接、美不胜收。墨色的变幻，增强了点、线、面甚至是墨块之间的表现力，营造出不同于前贤大师的视觉效果，有很强的视觉冲击力和感染力。当你面对真迹时，一种震撼的感受扑面而来，感觉如同面对云中的真龙忽现，见首不见尾，一鳞半爪皆成仙迹。那种雄强的气势，解衣盘礴的忘我，撕心裂肺的呐喊，绝望愤懑的哭泣，种种心态、种种意象交织在一起，你的心灵会随着那墨色的变化而翩翩起舞，仿佛在云端漫步，身与物化，字间行气，盘旋回绕，仿佛天仙飞花，又似罗汉伏虎，涨墨的痛快淋漓，枯墨的撕心裂肺，润墨的氤氲气化，淡墨的秀雅天真奇迹般地组合在一起，让人赞叹不已，这是何等的神力才能写出如此的奇观！"[①]

(三)四面出锋，八方玲珑

康有为说："书法之妙，全在运笔。"书法作为独特的传统艺术，其艺术的物化形态就是通过用笔书写线条，以构成字型，正如孙过庭在《书谱》中所说"任笔为体，聚墨成形"。清代周星莲在《临池管见》中又说："书法在用笔，用笔贵用锋"，"总之，作字之法，先使腕灵笔活，凌空取势，沈著痛快，淋漓酣畅，纯任自然，不可思议。能将此笔正用、侧用、顺用、重用、轻用、虚用、实用，擒得定，纵得出，遒得紧，拓得开，浑身都是解数，全仗笔尖毫末锋芒指使，乃为合拍"。这里生动地说明了用笔过程中的变化和要领。王铎的《为葆光张老亲翁书草书卷》(图 3)，《中国书法全集》对此作作了这样的评价："从草书卷的艺术效果上看，此作堪称精品，突出表现在使转凌厉、草法精熟。与五十三岁以前的草书卷相比，只是用笔更瘦硬一些，这正是王铎晚年草书的特征。"

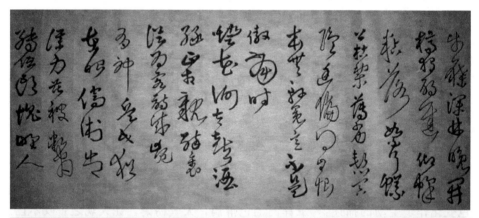

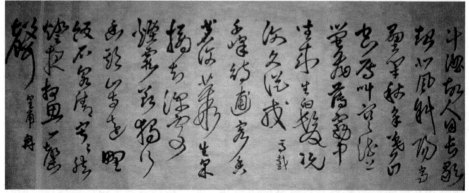

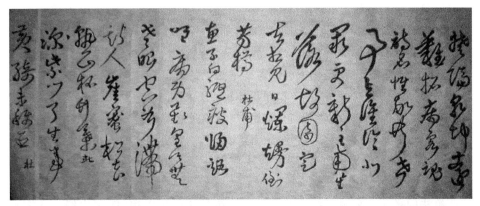

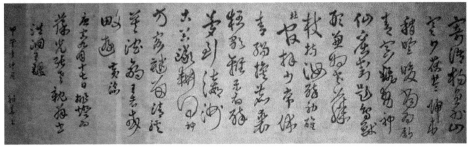

图3 临王铎《为葆光张老亲翁书草书卷》

释文：其一，步履深林晚，开樽独酌迟。仰蜂粘落絮，行蚁上枯梨。薄劣渐真隐。幽偏得自怡。本无轩冕意，不是傲当时。灯花何太喜，酒绿正相亲。醉里从为客，诗成觉有神。兵戈犹在眼，儒术岂谋身。苦被微官缚，低头愧野人。其二，斗酒故人同，长歌起北风。斜阳高叠闭，秋馀暮山空。雁叫寒流上，萤飞薄雾中。坐来生白发，况复久从戎。高戴千峰待逋客，香茗复丛生。果摘知深处，烟霞羡独行。幽期山寺远，野饭石泉清。寂寂然灯野，相思一声声。（皇甫冉）其三，楚隔乾坤远，难招病客魂。诗名惟我共，世事与谁论。北阙更新主，南星落故园。定知相见日，烂熳倒芳樽。（杜甫）惠子向驴瘦，归黔唯病身。皇天无老眼，空谷滞斯人。崖蜜松花熟，山杯竹叶春。柴门了无事，黄绮未称臣。（杜）其四，寄语杨员外，山寒少茯苓。归来稍暄暖，当为斫青冥。翻动神仙窟，封题鸟兽形。兼将老藤杖，扶汝醉神醒。杜官拜少常休，青？换茗裘。枉歌离乐府，醉梦到瀛洲。古器岩耕得，神方客谜留。清溪莫沈钓，王者或畋游。（黄滔庚寅九月十七日挑灯为葆光张老亲翁书洪洞王铎）

用"使转凌厉、草法精熟"来概括这幅作品是精确的。王献之的"一笔书"在王铎这里发挥到了极致，如"开樽独酌迟""仰蜂"七字起伏跌宕、连绵不断，而"迟"

与"仰"笔断意连，恰恰是上下诗句停顿的需要，首尾呼应是如此连贯；又如"兼将老藤""巅耕得"一笔中疏密调理得如此得当，大小、虚实变化如此强烈而又如此自然；再如单字"落""当""发""丛""声""事""滞""汝""官"等书眼，或枯润，或浓淡，或疏密变化，形成通篇章法上的大节奏，如大型交响乐。回过头来，我们再读读这些诗句："步履深林晚，开樽独酌迟。""斗酒故人同，长歌起北风。""定知相见日，烂熳倒芳樽。""枉歌离乐府，醉梦到瀛洲。"诗情与书艺在这里得以融合，这是对黑暗政治、仕途失意、生活痛苦的一种超脱，是经历了无尽的挫折、无奈后的觉醒，是从痛感上升为精神、情感领域的享受和愉悦。

笔法的畅达，来源于精神的高扬。王铎的笔法可以用"四面出锋，八方玲珑"来概括。包世臣在《艺舟双楫》中说："唐以前书，皆始艮终乾；南宋以后书，皆始巽终坤"，这是用后天八卦的方位图来说明笔法的走向。包世臣在这里是想说明唐之前与宋之后在用笔上的区别："始艮终乾"与"始巽终坤"有什么不同呢？"始艮终乾"是指一划笔锋要从东北方位逆入到东南方位，然后平铺到西南再转到西北收笔，笔管几乎旋转一圈，这是指中锋运笔；"始巽终坤"即笔锋从东南平铺到西南，不取逆入平出，这是指侧锋运笔。包世臣是指不同时期在用笔上有不同的特点。黄宾虹在《画谈》中也用八卦(他用的是先天八卦图)来说明运笔的特点，他说："一笔之中，起用盘旋之势，落下笔锋，锋有八面方向。书家谓起乾终巽，以八卦方位代之。""笔者有八面锋、四正四隅"，强调"无往不复、无垂不缩"，"欲右先左、欲下先上"，"起承转合"的运笔法则，目的均是为了保证运笔的正确性，使笔画沉着厚重不浮滑。而王铎的用笔恰恰是将中锋与侧锋相辅相成，而又以中锋为主，因此他的笔墨更加"沉着厚重不浮滑"。黄宾虹在《画谈》中还说："王铎对传统的书法罕有其匹，所以他的笔法是有着优良传统的，笔法精深，深得'二王'、米芾的精髓。在用笔上特别强调中锋的运用和运笔的使转，力戒张瑞图多侧锋而带来的扁薄没有厚度，缺少蕴藉的弊病。他用笔的复杂程度远远超出了其他三位书法家，这是他不断吸取他们的长处而力求避免他们短处的结果。王铎的用笔得力于米芾甚多，米芾自称'刷字'，可谓八面出锋，劲道十足，王铎在继承米芾刷字的基础上增加了更为浑厚饱满的中锋绞转，加快速度，加强用笔的提按与绞转，使笔法更加丰富多变，也更加多彩多姿。"

启功有这样一段评论："如论字字既有来历，而笔势复极奔腾者，则应首推王觉斯为巨擘。譬如大将用兵，岁临敌万人，而旌旗不紊。且楷书小字，可以细若蝇头；而行草巨幅，动辄长逾寻丈，信可谓书才书学兼而有之，以阵喻笔，固一世之雄也。"②

（四）结体奇正，张弛有度

王铎用笔十分率真，有时甚至会感到粗糙，但当你仔细观察时，又觉得在整体上非它莫属，这种狂放不羁的笔法所构成的结体往往变化超常：大小主次对比强烈，如"北阙更新主，南星落故园"。左冲右突险中取正，如"起北风""斜阳""官拜少常休"。疏密腾挪神通气爽，如"幽偏得自怡""古器岩耕得"。浓淡涩润任情任性，如"粘落絮""行蚁""落故园""定"。

吴昌硕在他的诗中写道："眼前突兀上险巇，文安健笔蟠蛟螭。波磔一一见真相，直追篆籀通其微。有明书法推第一，屈指匹敌空坤维。"（《缶庐集卷四·孟津王文安草书卷》）吴昌硕认为王铎应是"有明书法推第一"，他用"蟠蛟螭"这种想象中的具有无穷魅力和魔力的神龙来比喻王铎的书法，"可谓抓住了关节，探到了'幽奥'。一种在沧海云天中出没升腾的'蟠蛟螭'，天之精气所聚，地之精力所积，人之精神所凝，天人合一，穷极变化，创造出一种神秘的、不可重复的艺术之境。'大哉斯道！'"③奔放与收敛、放纵与典雅、恣意与法度似乎在这里得到了统一，"精美和率意之间的平衡是很难把握的。明代的草书传统给王铎准备了率意的一面，然而'一日临帖，一日应索请'，他从前代大师们那里取得了另一面。统一这一切的是他的心境，以及在此心境中生长出来的审美理想：怪、狠、奇。他认为这些并不与雅矛盾，亦符合'中庸'的原则。——这很可能不是为自己的审美理想寻找依据，而是把传统思想的原则理解为对内心的忠实。由此，我们不难理解他对怀素、高闲的批评，他或许从那些作品中感觉到一种非心灵的、迎合时尚的东西。"④王铎的书法是以"敏而好古"为宗旨，明末书坛流行董派书风，以俊秀飘逸为标榜，当时王铎与黄道周、倪元璐、傅山等人提倡取法高古，开启复兴书坛的风尚。他在《琅华馆帖册跋》中说："书不师古，便落野俗一路，如作诗文，有法而后合。所谓不以六律，不能正五音也。如琴棋之有谱。然观《风》《雅》《颂》，文之夏、商、周、秦、汉，亦可知矣。古善师古者不离古、不泥古。必古不言者，不过文其不学耳。"王铎的行草书，从整体上看，一气呵成。虽然大小不一，取势各异，但气脉贯通，融合在和谐与平衡之中。化欹侧为平衡，形成局部不平衡与整体和谐的对立统一，放而能收，纵而能敛，奇正相协，构成王铎行草书最大的特点，这也是书家有意追求的艺术效果。（图4、图5）

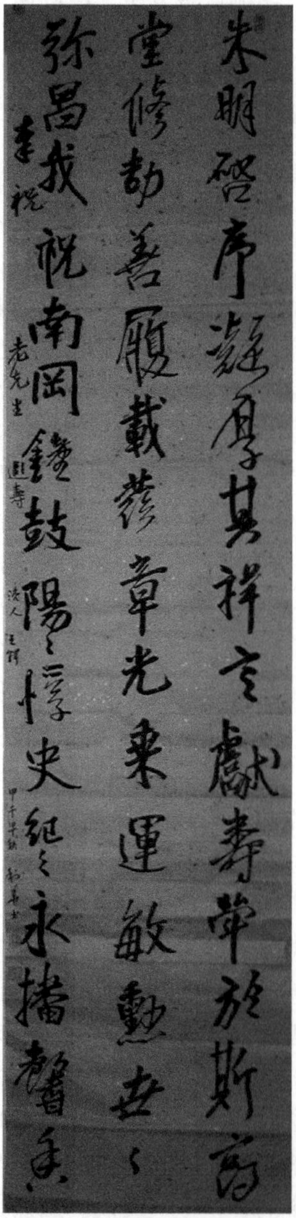

图 4 《临奉祝老先生寿诗轴》

142

图5 临王铎《玉泉山望湖亭作》

注释：

①赵晓红：《王铎与傅山的书法艺术研究》，《书法导报》，2014 年 5 月 14 日。

②启功：《论书绝句》，三联书店，1990 年，第 172 页。

③刘正成：《中国书法全集》(61)，荣宝斋，1993 年，第 22 页。

④刘正成：《中国书法鉴赏大词典》，大地出版社，1998 年，第 1074 页。

谈笔法　学王铎

——再论书法的现代性

　　笔者学习王铎已经有一段时间了，越学越看到我们的差距。常言说，知己知彼，百战不殆，我们的书法为什么停留在一个较低的水平难以推进，简单地概括就是：单纯、单一、单调，而不丰富，看上去很乏味。"单纯"一类尚可，毕竟还有些味道，比如有点"晋韵""宋意"，也掌握了一定的"唐法"，看得出这类作品学习了传统中的某些因素，因此还看得过去；"单一"一类就要更低一级，学习某某就是某某，或古代的，或现代的，学得很像，但禁不住琢磨，一览无余，没有回味的余地；"单调"一类就差多了，表面有点像，实际并没有学到家，还没有真正从文字上升到书法。

　　笔法是书法的生命，没有笔法也就没有书法，文字与书法的区别就在于有没有笔法。如同人有没有生命，就要看他能不能站立、行走、跑步，人没有了动感，生命也就停止了。文字是由笔画点、横、竖、撇、捺组成，文字的笔画是书法笔法的基础，笔法源于笔画又超越笔画。笔画的功能是构成汉字，它的作用是让人们识别事物、交流情感，创造功利价值；而笔法的功能是书写汉字艺术，即书法，它的作用是让人们感受美、愉悦情感，创造艺术价值。最早的甲骨文，是原始人识别事物，交流认识、情感的工具和符号，它开始了人类认识世界、改造世界的伟大征程，文字的使用价值和审美价值也就相随、相应地产生了。甲骨文构成了汉字的最初形式，也创造了美："羊""大"则"美"，肥硕的大羊既满足了原始人实用（吃、穿）的需要，也给原始人带来了情感的愉悦。最初的美源于实用价值。上面说到甲骨文的实用价值是原始人认识事物、交流情感的工具，同时也是最初人类对美的创造，甲骨文的美始于文字的形象性，由此而产生线条的合理组合及其力度感，这是书法美产生的基本条件。但是文字毕竟不同于绘画，越来越抽象的线条更符合文字的实用需要，因此书法美的发展也是由越来越抽象的线条所组成。书法美的另一个要素是力度感，力度感最初源于书法线条的合理组合（平衡、对称、均衡等）以及所使用的甲骨文工具铁器、兽骨的刻划(纵深感)和之后金文的铸造术(厚重感),这都说明书法最初的美感源于功利感。从甲骨文到金文再到小篆,文字的形象性逐渐退化,形象性的美感逐渐转化为线条的抽象感(主要是均衡和对称),再发展到隶书,形象性基本消失,只留下"蚕头""燕尾",文字也就从古代发展到近代,章草还留下一个"燕尾",发展到草书和楷书,形象性就完全消失了,书法的美也就从形象的美转化为线条的抽象美。笔法从隶书开始也就逐渐从画转化为写,从平面运动转化为立体运动(提按)。汉字到此笔画的功能性就基本完成了。(图1—6乔何书法)

图1 甲骨文《大道无门》   **图2 甲骨文《上善若水 厚德载物》**

图3 小篆《禅味人生》

146

图 4　甲骨文《无为》　　　　图 5　小篆苏轼《江城子》（上阕）

图 6　隶书《鹤无归》

　　笔法一开始就融入在笔画之中，人们说，你的字写得很漂亮，这说明写字有一个漂亮不漂亮的问题，不漂亮的字也能告诉人们某种信息，但是漂亮的字不但能传达信息，而且能给人以美感。所以写一手漂亮硬笔字的人转写软笔书法就容易一些，漂亮的硬笔字我们通常也称之为硬笔书法。但是书法的特质一般是指软笔书法，我们之所以称硬笔书法，就是因为在硬笔书法中融入了软笔书法的某些特质，使硬笔书法漂亮了。因此书法的笔法有其独特性，掌握书法笔法的优劣是决定书法优劣的根本。笔法在哪里？在文字的演变过程中，从甲骨文到楷书，笔法的基本要素都具备了：笔法的力度在甲骨文中表现为"透过刀锋看笔锋"，在金文中表现为"金石气"；笔法的波势在小篆中表现为对称和均衡，在隶书中表现为起伏（提按）和流动（引带），在章草中表现为顿挫和谨饬，在草书中表现为流变和畅达，在楷书中表现为静态中的动态（"真以点画为形质，使转为情性"《书谱》语）。笔法的神韵则是在笔法丰富的基础上所生发出的人文和时代精神。

楷书是书法的基础，传统书法提倡从"唐法"开始，或柳，或颜，或欧等，是有一定道理的，楷书中包含着每一种笔画的美，有了这个坚实的基础，再写其他的书体就有"法"可依了。当下书坛突出的问题有三个：首要的就是不会楷书的草书，犹如脱缰的野马，放任而无节制，驰骋而无方向，有动感而无静态，有痛感而无美感；还有就是不会内敛的外拓，犹如杂耍表演，四面突击，气喘呼呼，侧锋挥洒，中锋全无，力穿纸背，醉汉画符（观某书家书法表演有感）；其次是不会起伏的线条，流畅而无跳跃，曲折而无波澜，平稳而无激荡，静态而无动感；最后是不会诗画的书法，这就极为普遍了，无诗的书法无情，无画的书法无趣，道理很简单，书画本是同根生，诗书同有艺中情。

王羲之是全面把握笔法的第一人。王羲之可以作为一个分界线，之前笔法包含在文字形成的过程（笔画）中，而从王羲之开始，笔画就演变成了笔法，文字就质变为书法。笔者在前文有这样一段文字："王羲之的伟大之处，就在于他是完整地、系统地将实用文字转化为书法艺术的第一人。他兼善隶、草、楷、行各体，精研体势，心摹手追，博采众长，冶于一炉，摆脱了汉魏笔风，自成一家。他不仅在实践上构建了书法创作的系统，比如笔法的完整性（起笔收笔的法则、提按的变化、方圆的转换、涩润的交替、行笔的迟速，等等）、结构的丰富性（奇正相协、疏密停匀、虚实相间、宾主相顾，等等）、神韵的审美性（如曹植《洛神赋》所云：'翩若惊鸿，婉若游龙，荣曜秋菊，华茂春松。仿佛若轻云之蔽日，飘飘兮若流风之回雪'），而且在理论上勾勒出书法美学的纲领：比如《自论书》以'意'论书'顷得书，意转深，点画之间皆有意，自有言所不尽。'这是魏晋美学思想的重要特征；《题卫夫人〈笔阵图〉后》用'心意'统帅'本领'，提出了艺术构思的高下，决定了艺术技巧的优劣的重要思想；《书论》提出'不贵平整安稳'，对文字与书法的特征作了重要的区分；《笔势论》进一步分清了文字与书法的不同结构：'夫学书作字之体，须遵正法。字之形势不得上宽下窄；不宜伤密，密则似疴瘵缠身；复不宜伤疏，疏则似溺水之禽。不宜伤长，长则似死蛇挂树；不宜伤短，短则似踏死蛤蟆。此乃大忌，可不慎欤！'"

王羲之之后书法的笔法就不断丰富，最有开创意义的当属王献之，前文指出，当下"有不少学习'二王'者，实际只学习王羲之，而抛弃了王献之，殊不知从王羲之到王献之，是书法史上完成了从今草到狂草的第一次飞跃，抛弃了王献之，无疑在笔法上就留有遗憾。""唐及其之后的书法发展，基本按照'二王'，即王羲之的内敛特征和王献之的外拓特征向前发展，形成了蔚为壮观的优美和壮美两大书法系统。而在这个发展进程中具有突破性成就的当属颜真卿和王铎。颜真卿是对王羲之内敛特性的突破。"（图7—12为曹利华临习书法）

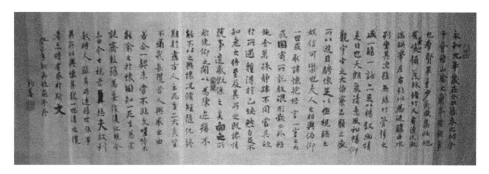

图 7　临王羲之《兰亭序》

图 8　全临王羲之《十七帖》

149

图 9　临王羲之《中秋帖》

图 10　临王献之《黄汤帖》

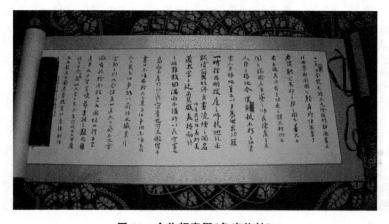

图 11　全临颜真卿《争座位帖》

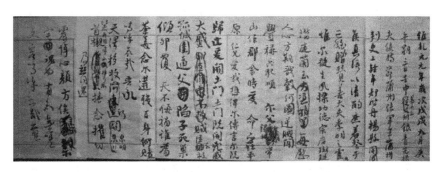

图 12　全临颜真卿《祭侄稿》

而对于王铎笔者在前文中作了重点论述："王铎则是对'二王'内敛和外拓相融的突破。王铎是书法史上一座难以企及的高峰，他坚守'二王'而又超越'二王'。他不仅五体皆佳，而且笔法的多样性和形态的丰富性，让人望而却步。他对古代的继承是全方位且又深入持久的。"王铎之所以能超越前人，不仅是因为他所处的时代和个人的经历所致，而是因为他比前人和同时代的人更注重对传统的继承。他的继承不仅有理论的，如他的书论《文丹》，创建出独具一格的书法崇高美学。而且有文化的，如可观的诗画创作。最为突出的是他不间断地临习前人的作品，范围之广、数量之多是前所未有的。"在王铎的作品中，我们不仅看到他重复临写王羲之的《兰亭序》，而且临写众多王羲之的其他作品，如《不审》《清和帖》《小园子帖》《丘令帖》《伏想清和帖》《劳人帖》《多日不知问帖》，等等；他不仅深入持久地临写王羲之的作品，而且对临写王献之的作品也情有独钟，如《临王献之敬祖鄱阳帖》《庚寅王献之帖轴》《临王献之省前书帖轴》《临王献之忽动帖轴》《豹奴帖》，等等。在临写晋代'二王'之外，他还临写晋代其他名作，如《谢安帖轴》《王涣之帖轴》《晋谢庄书》，等等。而对历代的优秀作品更是临习不辍，如拟汉张芝帖、梁代《王筠帖》、南朝《临王僧虔帖轴》。特别是对唐代名家的作品尤为重视，在顺治朝六七年间多次临柳公权，如《丙戌临柳公权》《丁亥临柳公权帖》，还临写了《褚遂良帖轴》《怀素草书帖》等法帖。更为值得关注的是他对米芾的推崇，在《跋米芾吴江舟中诗卷》中他说：'米芾书本羲、献，纵横飘忽，飞仙哉！深得《兰亭》法，不规摹拟，予为焚香寝卧其下。'在《跋米元章告梦帖》中他又说：'(米芾)字洒落自得，解脱二王，不知孰是真蝶，玩之令人醉心如此！'刘正成有一段评介是恰当的：'孰是真蝶'——王铎已经把米芾摆在与二王同等的位置了。甚至可以说，他已扫开了唐人的牢笼，从米芾直窥二王堂奥。这不是二王的形、二王的神，而是二王的

151

创造精神，其作品又直接二王渊源的，不是虞，不是褚而首推米芾；不是赵，不是董，而是王铎。"从这里我们找到了王铎五体皆佳的根据，而且也看到了形态丰富的脉络。他的书法之所以能达到如此的高度，来源于他能终身临帖；他之所以能坚持终身临帖，又来源于他对书法的深刻认识以及对时弊的剖析。在临《淳化阁帖第五·古法帖》后，王铎有这样一段话："书法贵得古人结构。近观学书者，动效时流。古难今易，古深奥奇变，今嫩弱俗雅，易学故也。呜呼！诗与古文皆然，宁独字法也。"在《琅华馆帖册跋》中他又说："书不师古，便落野俗一路，如作诗文，有法而后合。所谓不以六律，不能正五音也。如琴棋之有谱。然观诗之《风》《雅》《颂》，文之夏、商、周、秦、汉，亦可知矣。故善师古者不离古、不泥古。必置古不言者，不过文其不学耳。"王铎的书法，是从二王、颜、柳、旭、素、米、黄诸家提炼而成，并拓展和丰富了书法的技法，其风格融入了前人的多种风格，追求古典的书法精神，又不断推陈出新。他尊羲献、溯篆隶、取唐宋，将各代书法精华纳入其中。同时他在用墨方面也突破了前人，成功地使用涨墨法，这就更增加了书法的作品的神采，而自成一家。他以骨力洞达、流动多姿、变幻无穷而驾御书法的结构和用笔，使书法作品产生出强烈的运动感和迸发力，达到了前无古人的字法造势特征。（图13—18）

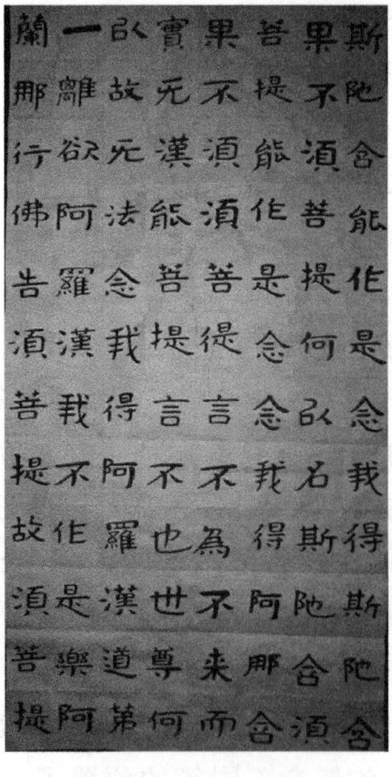

图13　全临《金刚经》

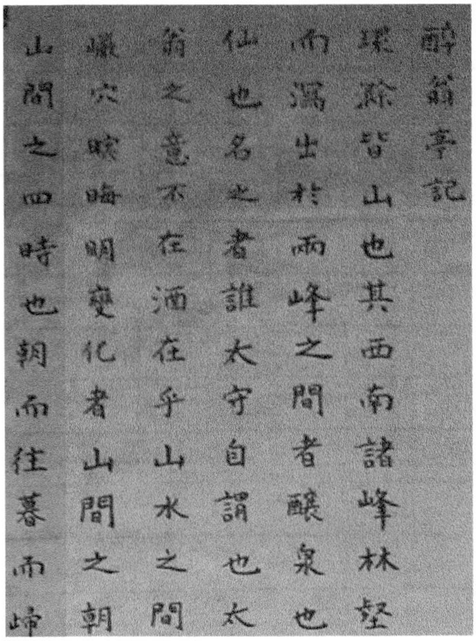

图 14　全临文征明《醉翁亭记》

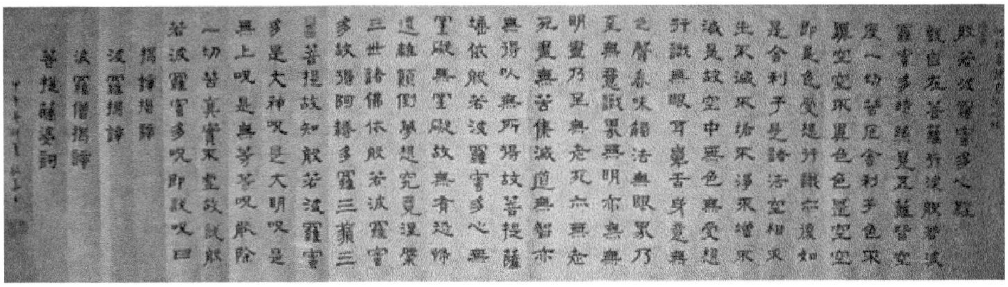

图 15　临何绍基隶书《心经》

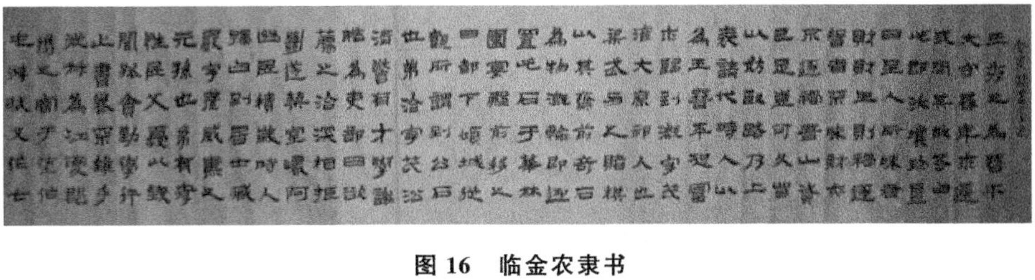

图 16　临金农隶书

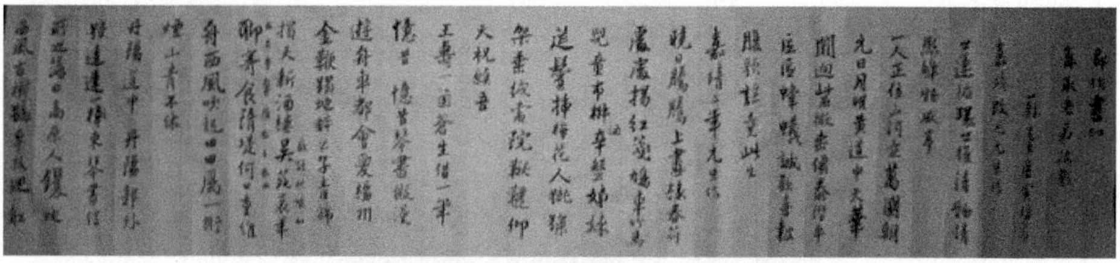

图 17　全临唐寅书《七律》

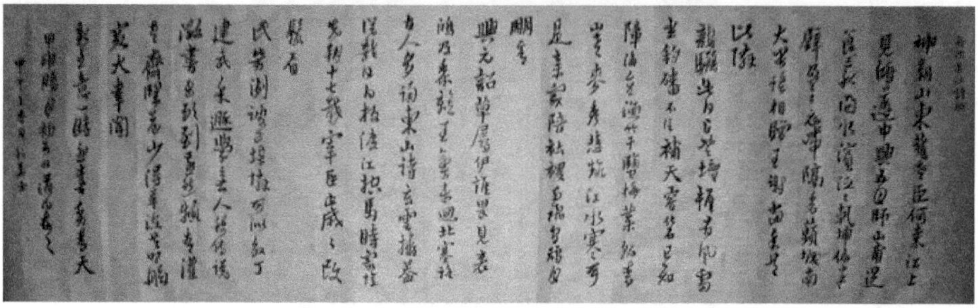

图 18　临黄道周《舟次吴江诗册》